貓與鼠

Katz und Maus

經典文學系列 24

但澤三部曲(二)

貓與鼠

Katz und Maus

葛拉斯 著

蔡鴻君、石沿之 譯

經典文學系列 24
但澤三部曲(二)

貓與鼠

Katz und Maus

作者　葛拉斯(Günter Grass)
譯者　蔡鴻君、石沿之
系列主編　汪若蘭
責任編輯　翁淑靜
執行編輯　史怡雲
封面設計　李男工作室
電腦排版　辰皓電腦排版有限公司
發行人　郭重興
出版　貓頭鷹出版社
發行　城邦文化事業股份有限公司
台北市信義路二段 213 號 11 樓
電話：(02)2396-5698　傳眞：(02)2357-0954
郵撥帳號　1896600-4 城邦文化事業股份有限公司
網址　www.cite.com.tw
email　service@cite.com.tw
香港發行　城邦（香港）出版集團
香港北角英皇道 310 號雲華大廈 4/F, 504 室
新馬發行　城邦（馬新）出版集團
電話：(603)603-90563833　傳眞：(603)603-90562833
印刷　成陽印刷股份有限公司
初版　2001 年 4 月
定價　平裝　180 元　精裝　280 元
ISBN　平裝 957-0337-96-6　精裝 957-0337-95-8

享受閱讀經典的樂趣

貓頭鷹出版社繼推出卞之琳新譯的《莎士比亞四大悲劇》後，陸續推出一系列經典文學，主要是希望作爲一個介面，引導讀者重新認識經典的眞實面貌。經典之所以能夠歷經歲月熬煉流傳下來，並且在不同環境歷經不同語言翻譯移置，而仍一直吸引不同的文化族群閱讀，自有其動人之魅力。然由於目前常見之版本多爲二三十年前的舊譯，也欠缺向讀者對作品重要性與時代意義的說明，使經典令人覺得難以親近，在影音圖像風靡的世代中更顯過時。

所幸近年來精通各種語文的人才與研究學者越來越多，不但有較多新的譯本出現提供忠實可靠的文本意。另一方面，針對讀者閱讀視覺而作的重新編排與包裝設計，也賦予經典一個現代面貌，拉近讀者與經典的距離，讓經典更平易近人，讀者更容易享受閱讀的樂趣。

貓頭鷹經典文學編輯室　謹識

馬爾克的喉結在貓的眼裡變成了老鼠。貓是那樣年幼，馬爾克的喉結是那樣靈活——總之，這隻貓朝著馬爾克的喉結撲了上去。或許是我們中間有人揪住這隻貓，把牠按到馬爾克的脖子上的；或許是我抓住那隻貓，讓牠瞧瞧馬爾克的老鼠。

貓與鼠　第一章

致中文版讀者

在完成了第一部敘事性長篇小說《錫鼓》之後，我想寫一本較為短小的書，即一部中篇小說。我之所以有意識地選擇一種受到嚴格限制的體裁，是為了在接下去的一本書，即長篇小說《狗年月》中重新遵循一項詳盡的史詩般的計畫。

我是在第二次世界大戰期間長大的，根據自己的認識，我在《貓與鼠》裡敘述了學校與軍隊之間的對立，意識形態和荒謬的英雄崇拜對學生的毒化。對我來說，重要的是反映出在集體的壓力下一個孤獨者的命運。

我在撰寫小說時絕不可能料到，這些我自以為過於德國式的題材會在國外引起如此廣泛的興趣。早已改變了這種看法的我非常高興，台灣讀者現在也有機會熟悉我的作品了。

鈞特．葛拉斯

目錄

〈導讀〉解讀中篇小說經典《貓與鼠》　鄭芳雄／011
〈推薦〉帶來死神的貓與鼠的遊戲　蔡鴻君／021
第一章／033
第二章／052
第三章／067
第四章／077
第五章／090
第六章／098
第七章／110
第八章／126
第九章／142
第十章／157
第十一章／167

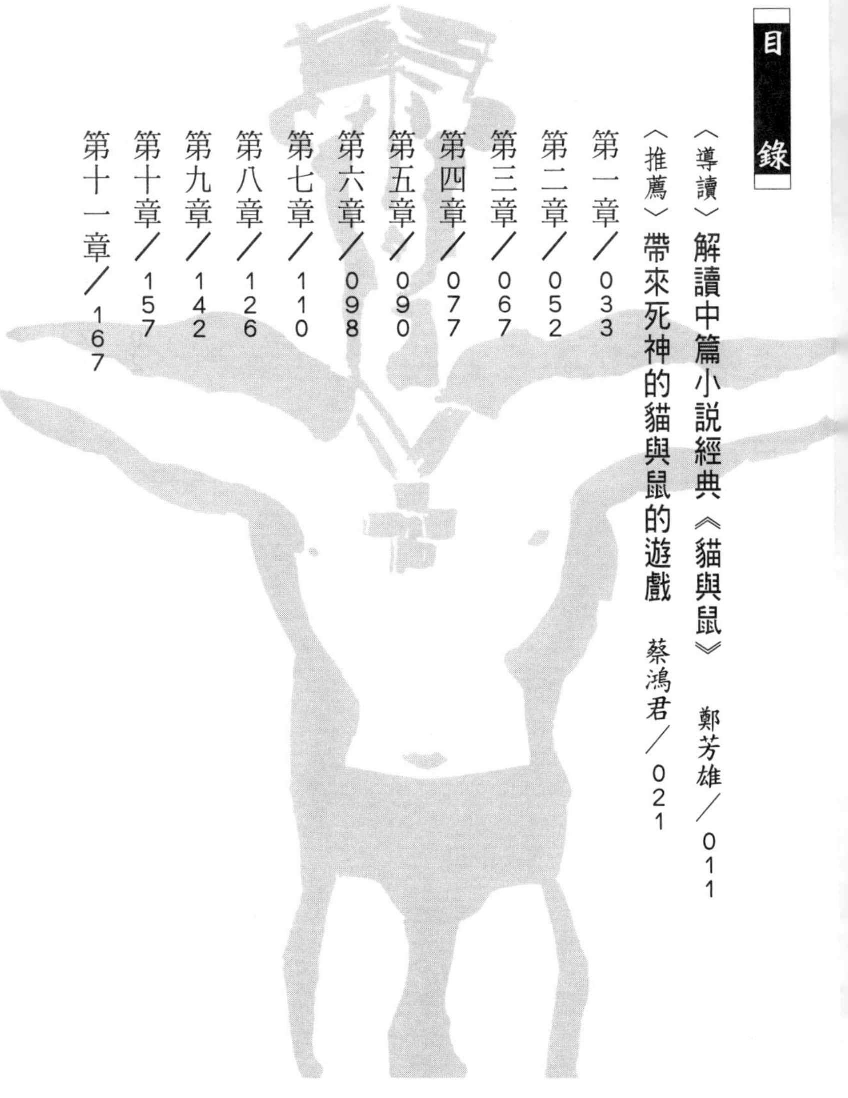

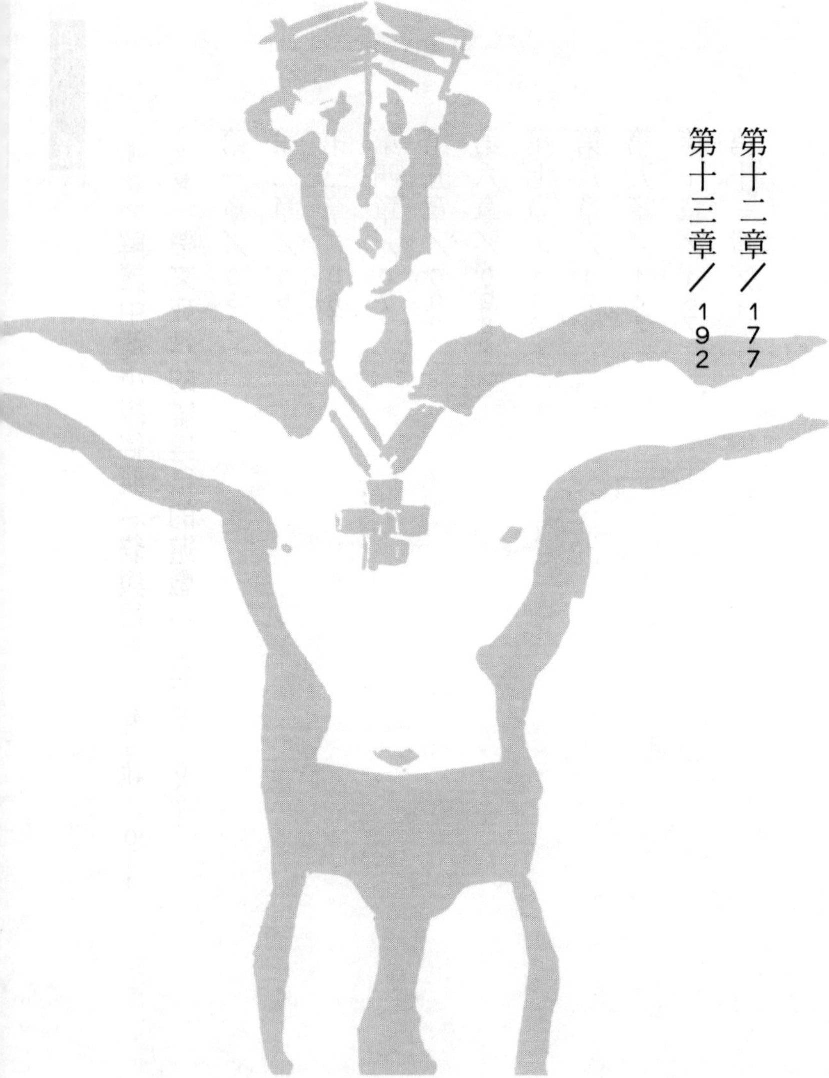

第十二章／177
第十三章／192

導讀

解讀中篇小說經典《貓與鼠》

鄭芳雄

《貓與鼠》（*Katz und Maus, 1961*）是當代德國最偉大的小說家，也是去年諾貝爾獎得主鈞特・葛拉斯（Günter Grass, 1927-）最成功的一部中篇小說，繼他的代表作——暢銷長篇小說《錫鼓》（1959）之後發表。此二部小說由於其題材與主題的關聯性及共同的寫作時間和背景，在德國文學界一向與另一部長篇巨著《狗年月》（1963）共稱「但澤三部曲」。故事發生地都在波蘭的但澤市——作者的出生地。三部小說不僅皆反映葛氏身為波蘭裔德國籍作家早年在家鄉的生活經驗，同時也都表達了反對納粹軍國主義和英雄崇拜狂熱的基調。

此部小說之所以廣受德國讀者的青睞，並引起文壇及學界高度重視，乃在於作者展現了極為自由靈活的敘述技巧，描寫一名叫馬爾克的德國高中生因受納粹主義英雄崇拜的蠱惑，理想被誤導，不擇手段追求虛榮的勳章，導致人生理想破滅而自沈身亡的故事。

內容其實是一齣灰色的悲劇，卻以極詼諧輕鬆的語調表現出來。作者虛構了貓與鼠的怪誕隱喻，製造出整個故事由小說人物皮倫茨以第一人稱倒述手法來敘述的必要性。小說主角馬爾克有一個特別隆起的喉結，上下抖動，看來活像一隻老鼠，由於他的同學皮倫茨的惡作劇，引貓撲擊，輕微抓傷了主角的脖子。於是為整個小說故事引出了一個相當滑稽且頗具象徵意味的楔子，和超然的敘述角度：

「是我讓貓看到你的老鼠的，我現在非寫下來不可，即使我倆都是虛構杜撰的人物。虛構杜撰我們的那個人為了職業的緣故，再三逼我關照你的亞當蘋果，把它帶到每一個曾經目睹它得勝或失敗的地方。」

這種小說開場點出了作者、敘述者和小說英雄之間的微妙關係和不同的層面，既類似《錫鼓》中之奧斯卡從療養院透過回憶，述說過去身世的倒敘手法，又類似曹雪芹筆下空空道人攜帶那顆頑石下凡歷劫、細說石頭記的楔子。從幻想杜撰的故事情節本身來看，固屬滑稽荒唐，然小說或詩詞，借假托真，透過杜撰的故事影射真正發生的歷史事物或人生世相，乃古今文學象徵性表達必然的技巧特性。

筆者初讀葛拉斯的小說，總覺得其中像拒絕長大的侏儒，貓、鼠、狗的比喻，和會說話的比目魚，盡是一些怪誕不正經的人物，似乎不能登大雅之堂，恐難反映歌德所謂的「一般人性」。然這些畸形人物在小說情節邏輯所扮演的深層象徵意義，以及動物性對反理性、反傳統所具有的顛覆作用，構成社會批評文學的必然性，皆須透過深入研讀才能體會。這或許是葛拉斯的文學天才過去長年被埋沒，必須在其巨著《錫鼓》（1959）出版四十年後才能獲得諾貝爾獎的原因所在吧。

皮倫茨述說他同學的英勇事跡，與其說是出自於對他的崇拜，倒不如說是對自沈身亡者的懺悔。他直接稱呼馬爾克的喉結為「亞當蘋果」（Adamsapfel），視之為一顆無法吞嚥「畸形果」（ausgewachsene Frucht），暗指聖經中亞當吃了禁果所犯下的原罪，為人類帶來生老病死的痛苦。而馬爾克的痛苦也正在於他這顆過大的喉結，為了閃避人們對這隻「老鼠」的注意和追擊，他一直設法做出許多不平凡的事蹟，諸如游泳、潛水是他的擅長，除了經常躲在水底那艘擱淺掃雷艇船艙裡之外，尤其喜歡在脖子上佩帶顯眼的飾物：用鞋帶繫結的螺絲起子、馬利亞聖母像、開罐器、蝴蝶結、閃耀的徽章等，他的野心在於奪取騎士十字徽章。在學校偷取徽章不得逞後，便在軍隊裡使出渾身解數、屢射中蘇聯的坦克，立下戰功，終於獲得他夢寐以求的騎士十字勳章，得以遂其虛榮心。

因此，小說中的這隻老鼠即是那顆嚥不下的畸形果，也是馬爾克透過軍人野心所要掩飾的罪惡淵藪，而追逐這隻老鼠的貓就是命運或暗指他所處的社會。他一心刻意追求的，在於避開敵人，免於碰觸到老鼠，或者甚至設法幫助這隻老鼠得勝出頭，因此他不得不拚命追逐戰果、獵取勳章，甚至不惜以屠殺同類的方式獲得虛榮功名。

作者葛拉斯藉此象徵性的故事表達了他對社會的洞察與批評：德國青年之所以會產生軍國主義的狂熱，完全是納粹政權透過學校教育、宗教信仰和軍隊訓練薰陶出來的。而勳章累積越多，所造成的罪孽越大，良心越不安，這種心理只有曾經當過希特勒少年團，後來淪為納粹砲灰並成為戰俘的作者才能有深入的體會。然而他對此納粹的惡作劇卻莫可奈何，只能以輕蔑詼諧的口吻稱之為貓與鼠的遊戲。

對這部小說的情節及其時代背景，作者本人曾做了如下的注解：「個人的勇氣與魄力，完全衡諸軍中的表現，它在我那個時代是成功的代名詞……人們所重視的是擊沈了幾千噸的船隻，射落了多少敵人的飛機，和攻克了多少輛坦克……」故馬爾克用其輝煌戰功所獲得的騎士十字勳章，照他同學皮倫茨的描寫，是最高的榮耀，其光芒罩過他身上的一切飾物，不僅勝過他為彌補喉結弱點所做的一切努力，勝過他的快速游泳和潛水技術，以及所表現的性功能記錄，甚至可用來彌補他過去在學校所犯的過錯，重新獲得學校的肯定與認同。然而後來他發現這種價值觀完全是納粹軍國主義社會的誤導，在無法返回學校聖地，又不願返回軍隊的情況下，陷入理想破滅絕境。絕望之餘，他憤然毆打校長，然後潛入海底，永遠埋身在經常潛水的破船艙中。這位視學校為精神樂園的馬爾克之回不了母校，就如同犯了罪的亞當回不了伊甸園一樣，他的亞當結又是那麼的突出。

就小說人物的造型來看，馬爾克的特異獨行、被拒於社會的那種孤立處境，幾乎與《錫鼓》中那位從台下看納粹閱兵、從桌子底下看亂倫社會的侏儒奧斯卡相似。後者的結局是被隔絕在監獄和療養院裡。所不同者，前者在納粹社會中面對破滅的理想表現出殉身的悲壯，而後者必須懷著一顆破碎的心追述悲慘的往事。這兩位社會的邊緣人物過去都曾志願當馬戲團的小丑，想藉此認同自己的社會角色。葛拉斯小說中對小丑的認同和小丑的題材運用，多少受到伯爾（Heinrich Böll）小說的影響。皮倫茨也提到他經常閱讀伯爾。而我們知道，伯爾喜歡在小說和中篇故事中，以帶有幾分藝人自喻的眼光來表達「小丑眼中的世界」。

葛拉斯少年時在其出生地但澤市就讀小學及高級中學，十七歲即當兵，擔任反裝甲砲擊手。這些資料顯示，小說主角馬爾克的經歷多少反映作者早年的生活經驗。因此我們可以說，在作者早年的小說《錫鼓》、《狗年月》，尤其是《貓與鼠》中，描寫納粹的狂熱、青年的悲劇，乃是出於一種罪惡感的驅使。而作者的罪惡感也透過小說人物敘述出來。譬如皮倫茨，也就是《貓與鼠》全篇故事的敘述者在第八章做了如下表白：「我喜歡泡一杯紅茶，和阿爾班神父徹夜長談，探討有關耶穌的血、三位一體和告解等問題，向這位開明的、半路出家的方濟會神父談到馬爾克、馬爾克的聖母馬利亞、馬爾克的喉結和馬爾克的姨媽，提到馬爾克的中分頭（註：指頭髮從中間分向兩邊梳）、糖水、留聲機、雪梟、螺絲起子、羊毛絡和閃亮的徽扣、談起貓與鼠和『我的罪過』，敘述偉大的馬爾克如何坐在小船上，而我又如何用蛙泳和仰泳不疾不徐地朝他游去。如果說馬爾克有好朋友的話，那麼只有我和他還算得上夠交情。」敘述者的罪過就是作者的罪過，故事中的傳記色彩是不能忽略的，因為它反映作者的生活經驗。馬爾克射中多輛蘇俄的坦克，是由作者少年時身為反裝甲砲手（Panzerschütze）的親身經驗所構想出來的。此外，第十二章克洛澤校長給馬爾克的信中指出「固有的康拉迪精神」（hinweisend auf den alten Conradischen Geist），此處國內一般中譯本均未能反映原文意思，無法彰顯此處作者的自傳色彩。葛拉斯本人在但澤市原來就讀「康拉迪高級中學」（Gymnasium Conradinum），後因遭到記過處分而轉至他校，這點與小說主角馬爾克的遭遇有點類似。所謂「康拉迪精神」（Conradischer Geist）是指「康拉迪高級中學」的創校精神。

《貓與鼠》目前已被翻譯成二十幾種語文，自六十年代末以後，漸漸成為德國高級中學選用的國文教材，學界視之為現代中篇小說經典之作，故研究文獻甚多。照一般說法，葛拉斯直稱其作品為「中篇小說」（Novelle），有意將其作品納入此一文類傳統，而從《貓與鼠》嚴謹的形式結構和緊湊的敘述情節來看，作者的訴求也頗符合傳統中篇小說的條件：全書總共十三章，中心點是在第七、八章所述及的騎士十字徽章被偷一事，校長克洛澤稱之為「發生了一件聞所未聞的事情」，似乎暗指歌德給中篇小說所下的定義「一件所發生的聞所未聞的事情」。而此徽章偷竊事件就是整個小說情節的高潮和轉折點，作者把它安插在小說的中心位置——第七章，使它和一個象徵物（Dingsymbol）——十字徽章相連接。可見作者刻意朝向這個轉折點來敘述。敘述時間濃縮在戰爭期間，故事也全以戰爭為背景。戰前與戰後期間均未述及，這點有別於《錫鼓》的長篇。至於故事情節中設計了主角突出的喉結（亞當蘋果），作為一個與命運理念相結合的矛盾點，頗能凸顯海塞小說理論所謂的「鮮明的剪影輪廓」（starke Silhouette），其奇特處也暗合海塞（Paul Heyse）的「鷹之理論」（Falkentheorie）。此外《貓與鼠》的小說敘述也兼具戲劇性效果，正符合史拖姆（Theodor Storm）對中篇小說的要求。諸多契合點在在肯定《貓與鼠》是一部依照傳統形式構設的中篇小說。

此書發表後引起文壇重視，主要在於它的內容與形式顛覆了傳統的寫作風格。葛拉斯用相當錯綜複雜的情節寫完《錫鼓》長篇暢銷巨著之後，居然也能夠以精簡的小說形式來創作，而達到高度的水準，證明他也是擅於中篇小說的高手，兼具抒情詩和戲劇創作才華。他既精於版畫、雕塑，又肯屈身從事政治性演說，以中間偏左的政治意識型態挺身出來主持社會正義，是二十世紀具有「國家良知」雅稱的社會詩人。他的通才或許比不上歌德，然他的社會正義感，以及為揭發社會的敗德亂倫，而不惜用象徵手法描繪通姦淫亂行為，這方面所展現的坦率直言，卻凌駕歌德或曹雪芹，他甚至將自己小說中的色情文字歸類於《金瓶梅》和薄迦丘《十日譚》的「偉大文學傳統」。然而，《錫鼓》剛出版之時在德國有些地區一度被禁，是因為它描寫通姦亂倫的情節。同樣，《貓與鼠》當初也因描述青年男女淫亂行為而被誣告為「色情」。儘管如此，這些指控不但無損作品的美學完整性和文學價值，相反地，其文學寫實與社會批評對傳統道德和性觀念造成了衝擊，有助於後世對支撐納粹沙文主義政權的小市民社會，做深入的省思。

真正文學的表達是絕對的客觀，此種客觀性確實反映在葛氏的抒情詩和大部分長、短篇小說中。此位波蘭、德國混血作家，其政治意識形態似乎凌駕國家主義之上。筆者有幸於一九九六年在德國巴伐利亞的小鎮Weilheim聽他朗誦作品，也跟他聊過。可別看他溫文儒雅的外表，其抨擊基民黨極右反動派、反對德國統一的言論卻是相當激烈且毫無妥協的，其固執程度不亞於《錫鼓》裡頭的奧斯卡。然而在文學創作當中，他卻擁有超凡的幻想和客觀的表述能力。能夠將個人主觀的思想轉化為具體故事，透過故事人物情節作客觀表象。作者很少直接介入表達自己的看法，似乎完全隱沒在故事情節背後，以便能夠以超然的立場，偶爾從旁揶揄批評小說人物的世俗之見。當然，此種敘述風格不僅展現於《貓與鼠》這部中篇小說而已。從他四十年前的暢銷書《錫鼓》到去年才出版、傳記色彩頗濃的故事集《我的世紀》，讀者不難體會出這位二十世紀大文豪的獨特風格。

譯者序

帶來死神的貓與鼠的遊戲

蔡鴻君

鈞特・葛拉斯（Günter Grass）是德國著名作家，與諾貝爾文學獎得主海因里希・伯爾並列為戰後德國文壇的盟主。他的詩歌、戲劇，尤其是小說，以荒誕諷刺的筆觸描繪了德國的歷史和現實，為當代德語文學立足於世界文學之林做出了重要貢獻。

一九二七年十月十六日，葛拉斯出生在但澤（現今波蘭的格但斯克）一個小販之家，父親是德意志人，母親是屬於西斯拉夫的卡舒布人。愛好戲劇和閱讀的母親使葛拉斯從小就受到較多的文學藝術薰陶。葛拉斯的童年和青少年時代正值納粹統治時期。他參加過希特勒少年團和青年團，未及中學畢業又被捲進戰爭，充當了法西斯的砲灰。一九四五年四月，十七歲的葛拉斯在前線受傷，不久就在戰地醫院成了盟軍的俘虜。一九四六年五月，他離開戰俘營，先後當過農民、礦工和石匠學徒，一九四八年初進杜塞爾多夫藝術學院學習版畫和雕刻，後又轉入西柏林造型藝術學院繼續深造，一九五四年與瑞士舞蹈演員安娜・施瓦茨（Anna Marggareta Schwartz）結婚。

葛拉斯最初是以詩歌登上文壇的。一九五五年，他的《睡夢中的百合》在南德廣播電臺舉辦的詩歌競賽中獲得了第三獎。葛拉斯一九五六年的詩集《風信雞的長處》（*Die Vorzüge der Windhühner*）和一九六〇年的《三角軌道》（*Gleisdreieck*）既有現實主義的成分，又受到表現主義和超現實主義的影響，聯想豐富，激情洋溢，具有較強的節奏感。一九六七年的第三部詩集《盤問》（*Ausgefragt*）政治色彩較濃，葛拉斯也一度被稱為「政治詩人」。

葛拉斯幾乎在寫詩的同時也開始創作劇本。早期的劇作如一九五四年的《還有十分鐘到達布法羅》（*Noch Zehn Min utenbis Buffalo*）、一九五七年的《洪水》（*Hochwasser*）、一九五八年的《叔叔，叔叔》（*Onkel, Onkel*）和一九六一年的《惡廚師》（*Die bösen Köche*），明顯受到法國荒誕派戲劇的影響。後來還有兩個劇本，是一九六六年的《平民試驗起義》（*Die Plebejer proben den Aufstand*）和一九六九年的《在此之前》，試圖將戲劇情節變為辯證討論，力求揭示人物的內心矛盾。葛拉斯自稱這兩齣戲是布萊希特「從史詩戲劇發展到辯證戲劇」方法的延續。然而，《平民試驗起義》卻歪曲了布萊希特在東柏林工人暴亂期間的形象，因而遭到普遍非議。

在嘗試了詩歌和戲劇之後，葛拉斯又開始創作長篇小說。一九五八年，「四七社」（Gruppe 47）成員在阿爾蓋恩的大霍爾茨勞伊特聚會。葛拉斯朗讀了尚未完成的長篇小說《錫鼓》（*Die Blechtrommel*）的第一章，受到了與會者一致讚揚，葛拉斯也因此獲得了該年度的「四七社」文學獎。該小說以作者的家鄉但澤以及戰後的德國為背景，採用第一人稱倒敘手法，再現了德國從二〇年代中期到五〇年代中期的歷史，揭露了希特勒、法西斯的殘暴和腐敗的社會風尚。翌年，《錫鼓》正式出版，評論界對它倍加讚譽，稱之為德國五十年代小說藝術的一個高峰。該小說很快就被譯成十幾種文字，暢銷國外。德國著名電影導演沃克・施克隆多夫（Volker Schlondroff）根據小說改編、拍攝了同名影片，公開放映後，大受歡迎，並相繼獲得了德國最高電影獎——金碗獎、法國坎城影展大獎——金棕櫚獎，和美國影藝學院最佳外語片獎——奧斯卡金像獎。

在《錫鼓》之後，葛拉斯又在一九六一年寫了小說《貓與鼠》（*Katz und Maus*），在一九六三年寫了小說《狗年月》（*Hundejahre*）。前者通過回憶一個少年在納粹統治時期的經歷，諷刺了第三帝國對英雄的崇拜風氣；後者將納粹統治時期比作「狗年月」，描繪出一幅從希特勒上臺前夕至戰後初期德國歷史的畫卷。

《錫鼓》、《貓與鼠》和《狗年月》各自獨立成篇，在內容、人物、情節、時間順序等方面並無直接的聯繫。因此，評論界最初未將三者視為一個整體加以對待。作者對此曾經多次公開抱怨，並且在一九七四年這三本書再版時補加了「但澤三部曲」（Danziger trilogie）作為總書名。此後，越來越多的評論家著重於這三本書的整體研究，大多數人認為三者之間有著互相關聯的內在聯繫：三部小說不僅有共同的時空範圍（二〇年代中期至五〇年代中期德國歷史和現實，以及但澤地區的地理環境），而且還有一些貫串始終且時隱時現的人物。更重要的是它們有著共同的主題：探索德意志民族為何會產生納粹法西斯這個怪物；在藝術風格上，它們也有許多共同的特點，「代表了作家創作中的一個統一的發展階段」。

六十年代中期，葛拉斯熱中於社會政治活動，是社會民主黨（Social Democrats）的堅定擁護者。一九六五年和一九六九年，他曾兩度為社會民主黨競選西德總理遊歷全國，到處發表演說。一九七二年的小說《蝸牛日記》（*Aus dem Tagebuch einer Schnecke*）追述了作者一九六九年參加競選活動的經歷和對納粹統治的思索。葛拉斯與社會民主黨前主席、前西德總理威利·勃蘭特（Willy Brandt）交情甚篤，曾經多次陪同勃蘭特出國訪問。一九八二年十一月，葛拉斯在社會民主黨爭取連任的競選失利之後加入了社會民主黨。

自一九七二年起，葛拉斯潛心於長篇小說《比目魚》（*Der Butt*）的寫作，一九七七年出版。這部長篇巨著透過一條學識淵博又會說話的比目魚和漁夫艾德克的奇特故事，從新石器時代一直寫到二十世紀七〇年代，詩歌、童話、神話和民間傳說穿插其間，現實與歷史相互交織，展現了一個光怪陸離、神奇虛幻的世界。評論家認為，作品的主題是表達對現實的厭倦，而作者則聲稱是要再現長期以來婦女在人類歷史發展過程中被掩蓋了的作用，探討婦女解放的可能性。《比目魚》出版之後在德國引起轟動，第一版就發行了四十五萬冊，作者的版稅收入高達三百萬馬克。一九七八年五月，葛拉斯拿出《比目魚》的部分稿酬在柏林藝術學院設立了「德布林獎」，以獎勵在文學上有所成就的青年作家。這項以他奉為恩師的德國著名作家德布林的名字命名的文學獎，是西德作家設立的第一個文學獎。

一九七九年的《在特爾格特的聚會》（*Das Treffen in Telgte*）是葛拉斯獻給「四七社」之父漢斯・維爾納・里希特（Hans Werner Richter）的一部藉古喻今的中篇小說。它通過描寫一六四七年夏天一群德國作家在明斯特與奧斯拉布呂克之間的特爾格特的聚會，反映了三百年以後的「四七社」作家的活動。讀者從西・達赫、格里美豪森、馬・奧皮茨、安・格呂菲烏斯等經歷了「三十年戰爭」的巴洛克時期的德國作家身上，不難看到里希特、葛拉斯、伯爾、賴希、拉尼茨基、恩岑斯貝格爾這一代戰後作家的影子。

一九七九年秋，葛拉斯偕新婚的第二任夫人、管風琴演奏家烏特・格魯奈特（Ute Grunert）訪問中國。回國以後，在一九八〇年寫出了《頭腦中誕生的人或德國人死絕了》

（*Kopfgeburten: oder die Deutschen sterben aus*）。這部散文體作品主要記錄了一對在中學任職的德國夫婦遊歷亞洲期間的見聞和思索。此後，作家宣布暫停寫作，埋頭從事版畫和雕刻。

葛拉斯不僅是小說家、詩人和劇作家，還是一名頗有名氣、技法嫻熟的畫家和雕刻家。他自幼喜歡繪畫，聲稱繪畫和雕刻是他的第一職業。在他的創作生涯中，繪畫與文學密不可分，正如他自己所說，兩者之間是「一個有機的、相互作用的過程」。他的許多詩集裡都有親手繪製的插圖。這些插圖的內容和形式大多與詩歌的內容緊密配合，為詩歌提供了形象的注解。將文學作品的主題變為作畫的對象，是葛拉斯藝術作品的一個特點。例如，在寫《蝸牛日記》期間，他創作了大量表現蝸牛的銅版蝕刻畫。就連那時他的自畫像中也有兩隻蝸牛。他有意將其中一隻嵌在自己的左眼裡，以此象徵他作為一個作家和政治活動家對事業所持的堅忍不拔、始終向前的決心。七〇年代中期，他潛心於長篇巨著《比目魚》的寫作。在此期間，比目魚又成為他作畫的中心主題。在小說出版的同時，一本題為《當比目魚只剩下魚刺的時候》的詩畫冊也與讀者見面了。葛拉斯還擅長設計書籍封面，他迄今出版的絕大多數文學作品的封面均是由他親自設計繪製。這些封面的共同特點就是畫與書的內容及標題密切相關。例如，《錫鼓》畫的是一個胸前掛著錫鼓的少年；《貓與鼠》畫的是一隻脖子上戴著鐵十字勳章、虎視眈眈的巨貓；《比目魚》和新作《母老鼠》（*Die Rättin*）則分別畫了一條衝著人的耳朵娓娓述說的比目魚和一隻碩大無朋的老鼠；小說《在特爾格特的聚會》以三百多年前經歷了「三十年戰爭」後一群德國作家的聚會為背景，曲折地反映了第二次世界大戰之後「四七社」的有關活動，葛拉斯巧妙地在封面上設計了一隻從礫石堆裡伸出來、握著一管羽毛筆的手。迄今為止，他已經在美、英、法、日、中、南斯拉夫等十幾個國家舉辦過近百次個人畫展。

經過長達五年的創作間歇，葛拉斯在一九八六年三月出版了長篇小說《母老鼠》。這部小說仍然保持了他慣以動物隱喻人類的特點，構思奇詭，故事怪誕，通過第一人稱敘述者與一隻母老鼠在夢中的對話，展現了從上帝創造世界直到世界末日的人類歷史，反映了他對於處在核子時代的人類社會的思考與憂慮。評論界對葛拉斯的新作褒貶不一。為了與評論界保持一段「距離」，葛拉斯在一九八六年春天偕夫人前往印度的加爾各答。

一九八七年初，葛拉斯夫婦經葡萄牙等國返回柏林。十月，在葛拉斯六十歲生日之際，盧赫特漢德出版社隆重推出第一套《葛拉斯選集》。這套選集分為十卷，分精裝本和平裝本兩種，收入了葛拉斯已發表的所有重要文學作品，包括詩歌、小說、戲劇、雜文、演講詞以及談話錄等。

葛拉斯在國內外文壇享有很高的聲譽，曾榮獲多項文學獎，其中重要的有：一九六五年獲畢希納獎（Büchner Prize），一九六八年獲馮塔納獎（Fontane Prize），一九六九年獲豪斯獎（Heuss Prize），以及一九七七年獲蒙代羅獎（Heuss Prize）等，一九九九年更榮獲諾貝爾文學獎（Nobel Prize）。

《貓與鼠》原是作者完成《錫鼓》之後潛心創作的一部長篇敘事小說的一部分，該書最初定名為《馬鈴薯皮》。一九六一年，他將這一部分抽出單獨出版，剩下的部分則成為「但澤三部曲」的第三部《狗年月》。

《貓與鼠》敘述了在納粹統治時期，但澤的一個循規蹈矩的中學生約阿希姆・馬爾克，受英雄崇拜宣傳的毒害走上毀滅道路的故事。全書分為十三章，由馬爾克的同學皮倫茨以第一人稱敘述。故事發生在第二次世界大戰爆發後不久，處於青春期的馬爾克因脖子上格外凸出的喉結而引起了皮倫茨的注意。在皮倫茨的眼裡，一動一動的喉結好似一隻不停竄躍的老鼠。他便惡作劇地將一隻貓按在馬爾克的脖子上，讓牠去捉那隻「老鼠」。逐漸增大的喉結為馬爾克帶來了苦惱，為了引開人們對他的喉結的注意，他想方設法做出許多不平凡的事蹟：潛水，在脖子上戴各種飾物……為了得到一樣遮掩喉結的東西，他甚至偷走了一名海軍軍官的鐵十字勳章，結果被學校開除。在軍隊裡，馬爾克因作戰英勇、戰績卓著而獲得了一枚鐵十字勳章。衣錦還鄉的馬爾克一心想在母校做一次演講，恢復過去受到損害的名譽。然而，由於學校校長從中做梗，馬爾克未能如願。一氣之下，他打了那個校長，然後逃上他在中學時代經常去玩的一艘沉船，潛入密艙，從此再也沒有出現。

《貓與鼠》出版後不久，就在德國文壇引起了一場關於「藝術與色情」的爭論。作家庫爾特·齊澤爾率先指責葛拉斯在書中描寫軍中男女淫亂等，是淫穢文字，把他說成是「最惡劣的色情文學作家」；繼而黑森州勞動、福利和衛生部致函「聯邦有害青少年讀物審查署」，列舉出書中多處關於「淫亂」、「色情」的描寫，認為該書將「在道德方面毒害兒童和青少年」，因此要求將《貓與鼠》列入禁書名單。出版葛拉斯作品的出版社獲悉此事之後，立即寫信給「審查署」，要求駁回黑森州勞動、福利和衛生部的申請。出版社認為：葛拉斯的小說「屬於藝術作品，將有助於豐富人們的藝術感受」，按照《禁止有害青少年讀物傳播法令》的規定，不應該被列入查禁之列；另外，書中相關的描寫並非渲染色情，而是與塑造人物形象密切相關的，它們的作用主要是為書中人物鋪墊心理基礎，表現主人翁馬爾克爭強好勝的虛榮心。出版社為此特地邀請了大學教授嚴斯和馬爾蒂尼、作家恩岑斯貝格爾、心理學家奧廷格爾、德國語言文學院院長埃德施密特等五位專家，就《貓與鼠》以及葛拉斯的全部文學作品進行鑑定，並將鑑定報告寄給「審查署」。兩個月之後，黑森州勞動、福利和衛生部長赫爾馬特以「申請並未報經本人許可」為由，主動從「審查署」撤回了要求查禁《貓與鼠》

的報告，並且親自寫信給出版社表示歉意。然而，這場爭執並未就此結束。齊澤爾繼續在各種場合指責葛拉斯，認為葛拉斯「當然可以去寫那些觸及人物羞恥感的東西，但是應該在用詞方面稍微體面一些；再說，法律也已對什麼是色情下過定義」。葛拉斯也竭力為自己辯護：「齊澤爾早已脫離文學界，他的所作所為是在煽動人們的情緒，企圖在一個曾經出現過焚書事件的國家裡贏得某些慣於告密的政治家。」對於齊澤爾把他稱作「色情作家」，葛拉斯更是竭力反駁，認為他「不僅是為了我個人的利益，而且也是維護使我受益匪淺的偉大的文學傳統」，因為「假如允許這樣誣蔑作家的話，那麼我們就不得不抹掉《金瓶梅》、薄伽丘的《十日談》和拉伯雷的《巨人傳》」。葛拉斯為書中的性描寫辯護說：「作家要寫陰暗面；性的方面也是現實的一部分，它與作家汲取素材的日常生活息息相關。」齊澤爾與葛拉斯的爭執終於鬧上了法庭。一九六八年十月，巴伐利亞州特勞恩施泰因地方法院作出判決，齊澤爾「不得在報刊上發表有損於葛拉斯名譽的言論」；翌年一月，州法院最終裁決，禁止齊澤爾「在文學批評以外的場合將原告（葛拉斯）稱為『色情作家』」。葛拉斯對法院的判決並不滿意，他要求「全面禁止齊澤爾發表類似的誣蔑之詞」。一直未介入這場爭執的德國筆會中心，在一九六九年八月特別發表了一篇為葛拉斯恢復名譽的聲明，表示「絲毫也不懷疑筆會成員鈞特・葛拉斯在道德和美學上的純潔」，確信他的作品具有藝術價值，並且對法院並未對澄清是非曲直和確定色情文學的標準做出努力表示遺憾。

一九六六年，葛拉斯與德國電影導演漢斯・于爾根・波蘭德合作，將《貓與鼠》改編拍攝。當時任德國外交部長、後任西德總理的勃蘭特讓他兩個兒子參加拍攝工作，次子拉爾斯扮演主人翁馬爾克。另外，這部影片還得到了三十萬馬克的政府貸款。影片於次年公開上映時，不僅編導及演員遭到許多攻擊，西德議會內也就政府為何貸款攝製這部影片向勃蘭特質詢；一些退伍軍人組織也紛紛表示抗議，呼籲「士兵們起來保護自己的榮譽」，聯合抵制這種「褻瀆鐵十字勳章的行為」，要求刪剪影片中有損軍人榮譽的鏡頭。直至六〇年代末的大學生運動衝擊了傳統的道德和性觀念，人們對葛拉斯的作品才逐漸改變了看法。《貓與鼠》也被列入德國中學生的選修課本。

值得一提的是，一九六二年，當德國國內正為「藝術與色情」爭論不休時，法文版、瑞典文版、挪威文版和芬蘭文版的《貓與鼠》相繼問世。在此後的兩年中，美國、英國、荷蘭、丹麥、波蘭、義大利、墨西哥和西班牙也先後出版了譯本。迄今為止，《貓與鼠》已被譯成近二十種文字，是葛拉斯作品中被譯成外文最多的作品之一。後來，當葛拉斯得知《貓與鼠》的中譯本即將問世時，也親自寫信給筆者，為這部「過於德國式的題材」的作品能在國外引起廣泛的興趣，為中國讀者也有機會熟悉這個「帶來死神的貓與鼠的遊戲」感到非常高興。

葛拉斯的作品素以艱深難懂著稱。他文字功力深厚，詞彙豐富，被稱為是托馬斯・曼之後的又一位傑出的德國語言大師。在《貓與鼠》中，作者使用了許多但澤地區的方言和俚語，這更增加了理解和翻譯的難度。由於學識和經驗所限，譯者雖竭盡全力，卻仍然難以充分表現出作者的傳神之筆，譯文中難免有錯誤和疏漏，祈望讀者不吝指正。

第一章

……馬爾克已經學會游泳了，有一次，我們躺在棒球場旁邊的草坪上。本來我要去看牙科大夫，可是大夥兒不讓我走，因爲像我這樣的投手別人很難代替得了。我的牙齒疼痛難忍。一隻貓輕巧地斜穿過草坪，而且沒有被球擊中。我們有的嚼著草莖，有的拔著小草。這隻黑貓是場地管理員養的。霍滕・索恩塔克正在用一隻羊毛襪子擦球棒。我的牙齒仍然疼得厲害。比賽已經持續了兩個鐘頭，我們這一方輸得很慘，現在正等著在下一場裡翻本兒。這是一隻幼貓，但絕非小貓崽兒。運動場上不時地有人在練習投球。我的牙疼絲毫未減。跑道上有幾個百米運動員在練起跑，一個一個顯得焦慮不安。那隻貓在兜著圈子。一架三引擎的 Ju-52 型飛機①緩緩從空中飛過，巨大的轟鳴卻壓不住牙齒的抱怨。場地管理員的黑貓躲在草叢後面，嘴邊有一圈白色的涎水。馬爾克睡著了。這會兒颳著東風，聯合公墓與工業技術學院之間的火葬場正在冒煙。參議教師②馬倫勃蘭特吹響了哨子：改練傳球。那隻貓躍躍欲試。馬爾克仍在睡覺，或者看上去像在睡覺。我坐在他的旁邊，牙疼得鑽心。貓一竄一竄地過來了。

馬爾克的喉結引人注目，因爲它大得出奇，而且一直在動，投下了一道陰影。場地管理員的黑貓在我和馬爾克之間拉開架勢，隨時準備撲上去。我們形成了一個三角形。我的牙齒停止了抱怨，疼痛略有緩解，這是因爲馬爾克的喉結在貓的眼裡變成了老鼠。貓是那樣年幼，馬爾克的喉結是那樣靈活——總之，這隻貓朝著馬爾克的喉結撲了上去。或許是我們中間有人揪住這隻貓，把牠按到馬爾克的脖子上的；或許是我抓住那隻貓——要麼是忍著牙痛，要麼是忘了牙痛——讓牠瞧瞧馬爾克的老鼠。約阿希姆・馬爾克大叫一聲，脖子上留下了幾道並不明顯的抓痕。

我現在必須把這一切寫成文字，因爲當初是我將你的老鼠暴露在一隻貓和所有貓面前的。即使我倆都是虛構杜撰的人物，我還是要寫。虛構杜撰我們的那個人因爲職業的緣故三番兩次地逼迫我對你的喉結負責，帶領它到每一個曾經目睹它勝利或者失敗的地方。因此，我讓這隻老鼠在螺絲起子的上方突突地跳動，讓一群吃得飽飽的海鷗在馬爾克頭頂上空朝著東北方向疾飛，把時間安排在天朗氣清的夏季，那艘沉船是當年的一艘「鷗」級掃雷艇，波羅的海的顏色如同厚厚的塞爾特斯礦泉水③的玻璃瓶。鑑於故事發生的地點在但澤④新航道導航浮標的東南方向，只要馬爾克的身上還掛著一串串水珠，我便讓他生出一片麥糝兒大小的雞皮疙瘩來——不是恐懼攫住了馬爾克，而是游泳時間過久通常都會產生的戰慄使他的肌膚失去了表面的光滑。

我們這些胳膊細長、瘦骨嶙峋的夥伴叉開雙腿躺在掃雷艇露出水面的殘破的艦橋上。沒有任何人要求馬爾克再次潛入沉船的前艙和毗鄰的輪機艙，用他的螺絲起子撬下諸如小螺絲、小齒輪或者別的什麼新鮮的小玩意兒：一個上面用波蘭文和英文密密麻麻地寫著機器操作規則的黃銅標牌。我們當時都四仰八叉地躺在露出水面的艦橋上。這艘「鷗」級波蘭掃雷艇⑤當年是在莫德林⑥下水、在格丁根⑦組裝完畢的。一年以前⑧，它在導航浮標的東南觸礁，恰好是在主航道外側，對航行並無妨礙。

海鷗的糞便在鏽跡斑斑的沉船上面風乾。不管天氣如何，肥壯的海鷗總是在空中翺翔，時而睜大玻璃珠似的眼睛衝向露出水面的羅盤室，時而又扶搖直上，展翅高飛，牠們的意圖實在令人費解。海鷗一邊飛翔，一邊排出黏糊糊的糞便。牠們從來不去碰柔和靜謐的大海，卻經常撞擊鏽跡斑駁的艦橋。海鷗的排泄物表面沒有光澤，呈灰白色，落下來後很快變硬，一小團挨著一小團，密密麻麻，有些還上下重疊，形成一堆一堆。每次我們上了掃雷艇，總是要用手指甲和腳指甲弄開這些糞團。我們的指甲都是這樣裂開的，其實，除了席林有咬指甲的習慣和手上有許多倒刺之外，別人都不咬指甲。馬爾克是我們這一夥人裡唯一留著長指甲的。由於多次潛水，他的指甲略微有些發黃。爲了保持它的長度，馬爾克不僅不咬指甲，而且也從不用它摳海鷗屎。此外，在我們之中，也唯獨他沒有嘗過海鷗屎的滋味。其餘的人都自願咬過這種灰白色的、像貝殼碎屑似的小糞團，將它嚼成泡沫狀的黏液，吐在甲板上面。這玩意兒嚼起來沒有什麼味道，或者像石膏，或者像魚粉，或者像其他隨時可以想像出來的東西，譬如：幸福、少女和親愛的上帝。唱歌唱得很好的溫特爾說：「你們知道嗎？那些男高音每天都要吃這種海鷗屎。」海鷗常常在半空中用嘴接住我們吐出來的灰白色唾液，牠們大概絲毫也沒有察覺出這是什麼東西。

戰爭爆發⑨之後不久，約阿希姆・馬爾克滿十四歲。當時，他既不會游泳，也不會騎自行車，一點兒都不出衆，後來招來貓的那個喉結也尚未出現。他體弱多病，並且有醫生的書面證明，所以一直免上體操課和游泳課。馬爾克學騎自行車的樣子十分滑稽。他神情呆板，姿勢僵硬，兩隻招風耳脹得通紅，膝蓋向兩側撇開，雙腿不停地一上一下。在學會騎車之前的那個冬天，他在下施塔特區室內游泳池報名學習游泳。最初，他只被批准同八至十歲的兒童組一起在陸地上練習游泳動作。第二年夏天，起初他仍然未能下水。布勒森⑩海水浴場的管理員先讓馬爾克在沙灘上進行動作訓練，然後才允許他使用水中游泳學習器。那個管理員有著一副典型的浴場工作人員的身材，肚子像浮標，兩條腿又細又長，上面沒有一根汗毛，看上去活像一個圍著布料的航標。一連許多個下午，我們都拋下馬爾克游走了。我們講述關於那艘觸礁的掃雷艇的奇聞，給了他巨大鼓舞。兩個星期之後，他終於成功，可以自由自在地游泳了。

他在碼頭、高大的跳水臺和浴場之間勤奮地游來游去，態度非常認眞。爲了培養游泳的耐力，他開始在碼頭防波堤附近練習潛水。最初，他從水下摸上來一些普通的波羅的海貝殼。後來，他將一只啤酒瓶灌滿沙子，扔到較遠的地方，而後再潛下去把它摸上來。馬爾克大概很快就能夠按時將這只瓶子摸上來了，因爲當他第一次在沉船上爲我們表演潛水時，顯然已經不是一個新手了。

他再三懇求和我們一塊兒游。當時，我們這夥人——大約有六、七個——正在男女混合浴場的淺水區一邊慢慢吞吞地預濕身體，一邊商量當天的游泳路線。馬爾克站在男子浴場的跳板上朝我們喊道：「你們帶我去吧！我一定行。」

他的喉結下方掛著一把螺絲起子，分散了人們對他的喉結的注意。

「那好吧！」馬爾克和我們一塊兒下了水，他在第一片沙洲和第二片沙洲之間超過了我們，但我們沒費多大力氣又趕上了他：「這小子一會兒準會累得趴下。」

馬爾克游蛙式時，那把螺絲起子在他的肩胛骨之間擺來擺去，因爲它是木柄的；他游仰式時，木柄又在他的胸脯上面竄上竄下，但一刻也沒能遮住下巴頦與鎖骨之間那塊令人討厭的軟骨。這塊軟骨宛若豎起的魚的背鰭，劃出了一道水痕。

隨後，馬爾克向我們露了一手。他連續多次帶著那把螺絲起子潛入水中，每潛兩三次總要帶上來一件用螺絲起子拆下來的小玩意兒，諸如小蓋子、鑲板碎片、發電機上的零件等等。他在水下找到了一條船用纜繩，用這條隨時都可能斷的繩子從沉船前艙拽上來一個眞正的米尼馬克斯牌滅火器。這個德國製造的玩意兒居然還能用。馬爾克爲我們試了一次，教我們如何使用這種泡沫滅火器，讓泡沫噴射出來，射向深綠色的大海。從這一天起，他就樹立了一個高大的形象。

泡沫一團團或一條條地浮在平緩的海面上，吸引了幾隻海鷗，但牠們卻在泡沫前望而卻步。泡沫漸漸破滅，唯有一團被海浪拋上了沙灘，看上去就像一塊變酸了的奶油。馬爾克也歇了下來，蹲在羅盤室投下的陰影裡，皮膚開始收緊。不，在艦橋上的泡沫隨著微風飄散之前，他的身上就已經出現了鷄皮疙瘩。

馬爾克渾身發抖，喉結上下顫動，那把螺絲起子在瑟瑟戰慄的鎖骨上方也跟著翩翩起舞。他的脊背因持續的戰慄已改變了形狀，就像挨了一陣冰雹。肩部以下曬得像熟蝦一樣紅彤彤的，有些地方呈乳酪狀。脊椎骨好似泥瓦工用的刮板，兩側被曬得蛻了一層皮。他的嘴唇略略發黃，外面一圈毫無血色，裸露著的牙齒格格打顫。他用兩隻筋疲力盡的大手抱緊被長滿海蠣的沉船艙壁擦出許多傷痕的膝蓋，試圖使自己的身體和牙齒能夠抗禦海風的侵襲。

霍滕・索恩塔克——或許是我？——衝著馬爾克吼道：「你這傢伙，可別再下去摸啦！咱們還得回家呢。」螺絲起子開始變得安穩些了。

我們從防波堤游到沉船要花二十五分鐘，從浴場游過去要花三十五分鐘，回程則需要整整三刻鐘。馬爾克一定累得夠嗆，每次他總要比我們早一分鐘爬上防波堤。他一直保持著頭一天的優勢。每次我們游到沉船——我們都這樣叫那艘掃雷艇——馬爾克已經潛下去過一次了。我們剛用洗衣婦似的手搆到鏽跡斑斑、鳥糞點點的艦橋或露出水面的旋轉機槍[11]，他就趕緊一聲不響地向我們展示諸如鉸鏈等容易拆卸下來的小玩意兒。馬爾克冷得瑟瑟發抖，儘管他在第二次或第三次鑽出水面後就往身上塗了厚厚的一層防冷霜——馬爾克有的是零用錢。

馬爾克是他們家的獨子。

馬爾克可以算是半個孤兒。

馬爾克的父親早已去世。

無論春夏秋冬，馬爾克總是穿著老式的高筒靴，這大概是他父親留下來的。

馬爾克用黑色高筒靴的一條鞋帶繫著螺絲起子，把它掛在脖子上。

現在我才想起，除了那把螺絲起子以外，馬爾克出於若干原因還在脖子上掛了其他一些東西，只不過螺絲起子更加惹人注意罷了。

他的脖子上有時還戴著一條銀項鍊，項鍊上掛著一個天主教的銀質垂飾：聖母瑪利亞的肖像。他也許一直戴著它，而我們卻從未注意；至少從他開始在海水浴場沙灘上練習游泳姿勢並用手和腳蹬出各種圖案的那天起就開始戴了。

馬爾克從未將這個垂飾從脖子上取下來過，即使是上體操課的時候。那年冬天，當他剛剛開始在下施塔特區室內游泳池學習陸地上的游泳動作和藉助水中游泳學習器練習時，他也已經出現在體育館裡。他不再出示家庭醫生開具的疾病證明。那個聖母瑪利亞的銀質肖像不是躲在白色緊身體操服領口的後面，就是正好垂在體操服胸口的紅色條紋上方。

馬爾克在練雙槓的時候也從不冒汗。跳長木馬是只有學校甲級體操隊的三、四名最優秀的選手才能做的動作，可他也不甘示弱。他從跳板上騰空躍起，彎腰曲背，四肢伸開，越過長長的皮製木馬，歪歪斜斜地摔倒在軟墊上，揚起一陣灰塵，脖子上還戴著那條細細的項鍊，聖母肖像歪在一邊。他在單槓上做大迴環動作，雖然姿勢不怎麼優美，但卻總要比我們班上最好的體操選手霍滕・索恩塔克多個兩圈。倘若馬爾克做三十七個大迴環動作，那個銀質垂飾總要從體操服裡甩出來，圍著嘎吱作響的橫槓轉上三十七圈。銀像在淺栗色的頭髮前面盪來盪去，卻從未脫離他的脖子，獲得自由。除了可以起阻擋作用的喉結之外，馬爾克還有一個凸出的後腦勺，腦後的髮際和明顯的凸起都足以阻止項鍊從脖子上面滑落。螺絲起子掛在聖母肖像上面，鞋帶遮住了一段項鍊。儘管如此，這件工具也絕不會排擠聖母肖像，因爲這個木柄的玩意兒不得帶入體育館。我們的體操教師是參議教師馬倫勃蘭特，他曾寫過一本關於棒球比賽標準規則的書，因而在體育界頗有名氣。他禁止馬爾克上體操課時在脖子上套著這把用鞋帶繫著的螺絲起子。但是，馬倫勃蘭特卻從未對馬爾克脖子上的那個護身符表示過任何不滿，因爲除了體操課之外，他當時還兼上地理課和宗教課。另外，直到戰爭爆發後的第二年，他還一直帶領一個天主教工人體育協會剩餘下來的會員練習單槓和雙槓。

銀光閃閃、略有磨損的聖母瑪利亞被允許戴在馬爾克的脖子上，爲他的驚險動作提供保障，而那把螺絲起子則不得不和襯衣一起掛在更衣室的衣架上等候它的主人。

這是一把普普通通的螺絲起子，結實耐用，價格便宜。爲了撬下一塊很窄的小牌子，馬爾克常常得潛下去五、六次，尤其是當這塊小牌子固定在金屬上面，而且兩顆螺絲都已鏽死的時候。這些小牌子並不比那些用兩顆螺絲固定在住宅大門旁邊的住戶名牌大多少。有的時候，他潛下去兩次就能夠撬下一塊較大的、有許多文字的牌子，因爲他把螺絲起子當作撬棒使用，將牌子連同螺絲一起從腐爛的鑲板上撬了下來。他在艦橋上向我們展示這些戰利品。

他對收集這些小牌子並不經心，大部分送給了溫特爾和于爾根・庫普卡，他倆不加選擇地收集各種各樣的牌子，包括街名牌和公共廁所的小招牌。馬爾克只把一些與他現有的收藏相配的東西帶回家去。

馬爾克並不輕鬆：當我們在沉船上打盹兒時，他在水下工作。我們摳著鳥糞，皮膚被曬成像雪茄一樣的深褐色，金黃色的頭髮變成了淡黃色，而馬爾克的皮膚上頂多只是增加了一塊新的曬斑。當我們眺望著航標以北來往如梭的船隻時，他卻始終注視著水面下，眼睛微微發紅，有點發炎，睫毛不多，瞳仁是淺藍色的。我想，這雙眼睛只有到了水下才會變得好奇。有許多次，馬爾克沒有帶上來小牌子，沒有任何戰利品，而只是握著那把彎得不成樣子的螺絲起子。他把弄彎了的螺絲起子拿給大夥兒看，給人留下了深刻的印象。最後，他揚手將這玩意兒越過肩膀上方扔到海裡，把一群海鷗弄得驚慌失措。他的舉動既不是因爲洩氣，也絕非是發火。馬爾克絕對沒有裝出一副無所謂的樣子，或者眞的無所謂地將損壞了的螺絲起子扔在的背後，即使是把螺絲起子扔掉也還是有它的含義：現在我馬上就要從另一面向你們顯示一下！

……有一次，一艘運送傷兵的雙煙囪輪船駛入了港灣。經過一番爭論，我們認定這艘船是東普魯士遠洋公司的「國王」號客輪⑫。約阿希姆・馬爾克潛入沉船的前艙。他沒有帶螺絲起子，鑽進了沉船前部被撬開的艙口，深綠色的渾濁海水剛好漫過了艙口。他用兩個指頭捏住鼻子，先把腦袋浸入水中——他的頭髮由於游泳和潛水的緣故從正中分開，平展地趴在頭上——背部和臀部隨後跟進，然後他又從左邊抬起頭，換了一口氣，接著兩個腳掌蹬著艙口的邊緣，向下斜著身體鑽入了那座昏暗而涼爽的水族館。光線從開著的舷窗射進艙裡，這裡有許多神經過敏的刺魚，有一群靜止不動的七鰓鰻，水手艙裡的吊床用繩子繫著，搖來晃去，四周爬滿了亂蓬蓬的海草，鯡魚在海草裡面建立了牠們的育兒室，偶然也會冒出一條離群的大西洋鱈魚，關於鰻魚出沒的傳聞純屬虛構，比目魚從不光顧此地。

我們抱緊微微發抖的雙膝，用嘴將鳥糞嚼成黏液。大家帶著幾分好奇，既疲憊又緊張地數著正結隊前進的海軍單桅練習船。濃煙從軍醫船的兩個煙囪噴吐出來，垂直升向天空。馬爾克已在水下待了很久。環顧四周，海鷗在盤旋，海浪拍擊船首，摔碎在船頭已拆除了火砲的砲座上。艦橋的後面發出嘩嘩的水聲，海水在通風管之間形成倒流，反覆沖刷那裡的鉚釘。我們的指甲縫裡淨是灰白色的鳥糞，皮膚乾燥得發癢。水面波光閃閃。海風送來了馬達的突突聲。用力擠壓幾個部位。生殖器半挺了起來。在布勒森和格萊特考⑬之間有十七棵白楊樹。突然，馬爾克從水下冒了上來。下巴四周呈青紫色，顴骨上方微微發黃，頭髮從正中間向兩邊分開。他從艙口鑽出來，濺起了一片水花，然後蹚著沒膝的海水，踉踉蹌蹌地穿過船頭甲板。他伸手抓住露出水面的砲座，順勢跪了下來，兩眼無神地望著我們。我們只好伸手將他拽上了艦橋。他不顧鼻孔和嘴角還淌著海水，迫不及待地向我們展示了戰利品：一把不鏽鋼的螺絲起子。這是英國製的，頭兒和手柄由一整塊鋼材鑄成，上面有刻壓出來的「雪菲耳⑭製造」的字樣。這把螺絲起子沒有一點兒鏽跡和瑕疵，上面塗著一層潤滑油，海水聚成小水珠，從螺絲起子上滾落下來。

約阿希姆•馬爾克將這把沉重的、可以說永遠都不會折斷的螺絲起子戴在脖子上大約有一年之久。即使我們後來很少，甚至不再游到沉船那裡，他也仍然整天用鞋帶繫著它，掛在脖子上。他雖然信奉天主教，卻又過分地崇拜這把螺絲起子，或許這正是由於他信奉天主教的緣故。每次上體操課之前，他總要把螺絲起子交給參議教師馬倫勃蘭特代爲保管，因爲他怕被人偷了去。甚至去聖母院，他也帶著這玩意兒。他不僅在禮拜天而且在每天上課之前都要去新蘇格蘭區海軍路上的聖母院做晨禱。

馬爾克和他的英國製螺絲起子沒有在去聖母院的路上耽擱很久。從東街出來，拐入熊街⑮。這條街兩旁有許多兩層的房子，有些是雙層屋頂的別墅，門前有圓柱門廊和葡萄架。再往前是兩排居民住宅，有的抹過灰泥，有的沒有抹過灰泥，牆壁上有一塊塊水漬。有軌電車拐向右側，架空導線的上方是被雲遮住大半的天空。左邊是鐵路員工的小菜園，這裡的土壤貧瘠，含沙較多，黑紅兩色的鴿亭和兔籠都是用被淘汰的貨車車廂的木板做成的。小菜園的後面是鐵路信號燈，這裡可以通到自由港區[16]。一座座圓塔狀的倉庫。一架架活動式或固定式的起重機。貨輪的上面部分塗著色彩鮮艷的油漆，頗具異國情調。兩艘灰色的老式定期班輪一如既往地停在那裡。浮動船塢。日耳曼尼亞[17]麵包廠。若干障礙氣球[18]懸掛在半空，輕輕搖曳，泛著刺眼的銀光。街道右側是從前的海倫妮・朗格[19]女子中學，現已改爲古德倫[20]女子中學。校舍遮住了席紹造船廠[21]橫七豎八的金屬架，唯有巨大的旋轉式吊車傲然挺立。學校的運動場養護得很好，球門新刷了油漆，草坪修剪得很短，罰球區的邊線撒上了白色的粉末。每逢禮拜天，藍黃隊與舍爾米爾九八隊[22]在此對壘。這裡雖然沒有看臺，但卻有一座通體漆成淺赭石色的新式體育館，窗戶又高又大，鮮紅色的屋頂上有一個用焦油塗黑的十字架，顯得與這座體育館極不協調。新蘇格蘭區體育協會原來的那座體育館已被改建成聖母院，它可以說是一座臨時教堂，因爲聖心教堂[23]太遠了，長期以來，居住在新蘇格蘭區和舍爾米爾區以及東街和西街之間的市民——他們大多是造船廠工人、郵局和鐵路員工——向駐於奧里瓦區的主教請願。於是在但澤自由市時期[24]，教會買下了這座體育館，全面改建之後，供人們在此祈禱。

這座聖母院有許多色彩瑰麗的繪畫和精雕細刻的裝飾，這些東西大多是從但澤主教轄區各禮拜堂的地下室或儲藏室裡收集來的，當然也有私人捐贈的。儘管如此，體育館的特徵卻難以掩飾，而且也不容否認。即使是裊裊上昇的香煙和芬芳沁人的燭香，也無法蓋過前幾年留下的粉筆、皮革、體操選手的氣味，以及室內手球冠軍賽的痕跡。正因爲如此，這座小教堂一直具有某種難以消除的新教色彩——禮拜堂那種過分的簡樸。

聖心教堂是一座磚石結構的新哥德式建築，它建於十九世紀末，距離住宅區較遠，緊靠郊區火車站。在這座教堂裡，約阿希姆·馬爾克的不鏽鋼螺絲起子恐怕會顯得極不協調，甚至醜陋得有褻瀆神靈之嫌。然而，在聖母院，他卻可以放心大膽地公開在脖子上掛這把精美國的英國製工具。這裡的過道鋪著整潔的地毯，方形的乳白色玻璃窗一直頂到天花板，地上有一排整齊的金屬托座，是從前用來固定單槓的，混凝土天花板的表面十分粗糙，鑲板之間有一道道凹槽，鐵鑄的橫樑已經粉刷成白色。從前，這些橫樑上曾經固定著幾付吊環、一架鞦韆以及六、七條練習攀爬的繩索。儘管每個角落裡都立著一尊描金繪彩的石膏聖像，這座小教堂仍然顯得樸素、冷清、現代味十足，以至於那把不鏽鋼螺絲起子——一名前來祈禱、然後領聖餐的中學生認爲必須將這件東西懸掛在自己的胸前——不僅沒有引起少數前來做晨禱的信徒們注意，也沒讓古塞夫斯基司鐸和他睡眼惺忪的彌撒助手——通常由我擔任——

感到彆扭。

不對!那玩意兒肯定不會逃過我的眼睛。每當我在聖壇前面輔彌撒，甚至當神父開始祈禱時，我總是企圖藉由各種理由觀察你的言行舉止。然而，你似乎對此不大自在。你把那個用鞋帶繫著的玩意兒藏在襯衫裡面，因此在襯衫上留下了幾塊惹人注目、略能顯現出螺絲起子輪廓的油跡。從聖壇望去，他跪在左側第二排的長凳上，眼睛睜得滾圓，朝著聖母祭壇默默地祈禱。我相信，那雙淺褐色的眼睛多半由於潛水和游泳的緣故已經發炎了。

……有一次，我們來到沉船上。我已經記不清是哪一年的夏天，或許是戰爭爆發後的第一個暑假，即法國的動亂㉕平息之後不久，或許是在翌年的夏天。那一天，氣候炎熱，天色陰沉，男女混合浴場熙攘雜亂，三角旗低垂，人們的皮肉被水泡脹了，冷飲店的銷售額激增，滾燙的腳底板走在由椰子纖維編織的狹長地毯上面，緊閉的浴場更衣室前哧哧的笑聲不斷，毫無約束的孩子有的在沙灘上打滾，有的緩慢而吃力地走著，有的劃破了腳掌。一個大約三歲的小男孩——如今該已是二十三歲了——在關懷地彎下身子的成年人面前，笨拙而單調地敲著一只玩具錫鼓㉖，將這個下午變成了一個地獄般的鍛鐵工廠。我們離開沙灘，游向我們的沉船。站在沙灘上，從浴場管理員的雙筒望遠鏡裡可以看見海面上有六個人頭正在漸漸變小，其中一個遙遙領先，最先到達了目的地。

我們躺倒在風乾的鳥糞和灼熱的鏽鐵板上，幾乎再也無力動彈。馬爾克已經潛下去兩回，浮上來時左手裡握著一樣東西。在沉船的前艙和水手艙，在已經腐爛的、輕輕搖曳或仍被繫得緊緊的吊床的床上床下，在一群群閃閃發亮的刺魚中間，在茂密的海藻叢和受驚而逃的七鰓鰻之間，他到處尋找，用螺絲起子東刮西撬。在一堆破爛雜物中間，即在水兵維托爾德．杜欽斯基或利欽斯基的航海行囊裡，他找到了一個巴掌大小的青銅獎章。獎章的一面鑄有一隻小巧的、略略隆起的波蘭雄鷹，它的下面鐫刻著獎章得主的姓名和頒獎的日期；另一面是一個大鬍子將軍的浮雕。用沙子和鳥糞稍加擦拭，獎章的四周露出了一圈銘文，原來馬爾克摸上來的是一枚鑄有畢蘇斯基元帥㉗肖像的獎章。

此後兩週，馬爾克一心尋找獎章。他在格丁根港的泊船處找到了一個紀念一九三四年帆船競賽的錫盤。在輪機艙前面的一個狹窄而不易進入的軍官餐廳裡，找到了一枚約有一馬克硬幣大小的銀質獎章，獎章的掛環也是銀質的，背面沒有鐫刻人名，平平的，略有磨損，正面的造型和紋飾考究且富麗：明顯隆起的聖母瑪利亞懷抱聖嬰的浮雕。

從凸出的銘文可以看出，這原來竟是著名的琴斯托霍瓦的聖母㉘。馬爾克上了艦橋之後，意識到了自己摸到的是什麼東西。我們遞給他被風吹到沉船上來的沙子，好讓他擦拭一下獎章，然而他卻沒擦，而寧可讓那些灰黑色的斑跡留在上面。

我們吵吵嚷嚷，都想看看這枚銀質獎章擦亮之後是何等模樣。這當兒，他已經跪在羅盤室的陰影裡，把那件出水文物在腫脹的膝蓋前面挪來挪去，直到他那一雙低垂沉思的眼睛選擇了一個合適的角度爲止。我們在一旁取笑著，只見他哆哆嗦嗦地用一塵不染的淡青色指尖敲擊獎章，顫抖的嘴唇隨著祈禱而翕動。從羅盤室的後面傳出了幾句拉丁語：「童貞女中之最，其爲我憐憫㉙……」

我至今仍然確信，這一定是他當時最喜歡的、通常只在棕枝主日㉚之前的星期五才唱的讚美詩裡的詞句。

我們學校的校長、高級參議教師克洛澤——他是黨㉛書記，但卻很少穿著納粹黨制服㉜講課——禁止馬爾克在公共場合以及上課時將這枚波蘭獎章掛在脖子上。因此，約阿希姆・馬爾克後來只好滿足於那枚大家早已熟悉的小護身符，以及那把戴在曾被一隻貓當成老鼠的喉結下面的不鏽鋼螺絲起子。

他把這枚發黑的銀質聖母像掛在畢蘇斯基青銅浮雕與納爾維克㉝戰役的英雄、艦隊司令波恩特㉞的放大照片之間。

① Ju-52 型飛機，是德國在第二次世界大戰中重要的空中武力。
② 德國完全中學裡設置的固定教師職位。
③ 德國陶努斯山區生產的一種礦泉水。
④ 但澤，現名格但斯克，波蘭北部港口城市。
⑤ 第二次世界大戰時，波蘭海軍掃雷艇「雲雀」號被德國海軍俘獲，被拖入但澤港口時在岸邊淺水處觸礁。
⑥ 莫德林，波蘭地名，位於華沙西北納雷夫河與維斯瓦河的匯合處。
⑦ 格丁根，現名格丁尼亞，波蘭北部城市，臨但澤灣，在但澤西北二十公里處。
⑧ 指一九三九年秋末。
⑨ 指一九三九年九月一日德國入侵波蘭。
⑩ 但澤灣海濱遊覽勝地，是但澤市民假日喜歡的去處。
⑪ 「雲雀」號掃雷艇裝備有一門口徑為七十五公釐的加農砲和四把旋轉機槍。
⑫ 「國王」號在戰爭爆發後被徵用為軍醫船，負責運送傷員。
⑬ 但澤灣海濱遊覽地，位於布勒森的西部。
⑭ 英國中部工業城市，刀具、工具和餐具是該市的傳統產品。
⑮ 作者對街道的描寫完全符合但澤市的真實情況，街名均按照一九四〇年至一九四四年的叫法。
⑯ 港口專門劃出的一塊免稅區域，各國商船可在此區域內進行自由貿易。
⑰ 象徵德國的女神。
⑱ 固定在空中的大氣球，是為了干擾敵機空襲設置的一種障礙。
⑲ 海倫妮·朗格（一八四三～一九三〇），女教師，德國婦女運動領袖，「全德女教師協會」的創始人。
⑳ 古德倫是德國十三世紀敘事長詩《古德倫》裡的一位聰明美麗的公主，被納粹分子奉為德國婦女的理想形象。

㉑德國席紹機器製造公司於一九四五年以前在埃爾賓、但澤和柯尼斯堡等地擁有許多造船廠。
㉒即但澤市舍爾米爾體育協會足球隊，因該協會創建於一八九八年，故名。
㉓位於朗富爾火車站附近的一座天主教堂。
㉔自一九二〇年一月十日至一九三九年九月一日。
㉕從一九四〇年五月十日德國發動進攻至一九四〇年六月二十日法國宣布投降。
㉖指但澤三部曲的第一部《錫鼓》中的主人翁奧斯卡·馬策拉特。
㉗畢蘇斯基（一八六七～一九三五），波蘭資產階級政治家，二十世紀波蘭復國運動的主要人物，曾任波蘭總統、參謀總長和國防部長。
㉘琴斯托霍瓦是波蘭中南部城市，有珍貴的壁畫和著名繪畫《琴斯托霍瓦的聖母》。
㉙引自讚美詩《母親兩眼噙淚》。
㉚棕枝主日，亦譯為聖枝主日或主進聖城節，基督教節日，復活節前一週的星期日。
㉛指德國國家社會主義工人黨，即納粹黨。
㉜納粹黨制服通常是褐色圓形帶檐帽，褐色襯衫，黑色領帶，佩帶肩章的褐色軍服，褐色馬褲，印有卍字標誌的袖章，長筒皮靴，有環舌和肩帶的腰帶。
㉝納爾維克，挪威北部諾爾蘭郡的不凍港。一九四〇年四月，德軍攻占納爾維克，被稱為納爾維克戰役。
㉞波恩特（一八九六～一九四〇），德國艦隊司令。在納爾維克戰役中，他率領的艦隊被英國海軍全部擊沉，他本人陣亡，後來被追授一枚騎士十字勳章。

第二章

崇拜，這是開玩笑嗎？你們家的房子坐落在西街。你的幽默感——倘若你有的話——與衆不同。不，你們家的房子坐落在東街。這個住宅區的所有街道看上去竟然完全一樣。你只能吃一片黃油麵包。我們在笑，而且相互傳染。每當我們要拿你取笑，我們就感到驚奇。當參議教師布魯尼斯問起我們班上所有同學今後各自的職業時，你——當時已經學會了游泳——回答道：「我想當馬戲團小丑，逗人發笑。」這時四四方方的教室裡誰也沒有笑——我吃了一驚，因爲馬爾克直接了當地大聲說出想在馬戲團或者其他地方當小丑的志願時，臉上的表情非常嚴肅，以至於我不禁眞的有些擔心。如果說他今後有朝一日眞會把人逗得開懷大笑，那也許是藉由在猛獸表演之後、空中飛人表演開始之前對聖母瑪利亞公開祈禱。不過，沉船上的祈禱也有可能是認眞的，或者你只是在尋開心？

他住在東街，而不是西街。這幢獨棟住宅坐落在許多外表相似的獨棟住宅的附近、中間和對面，它們的區別僅僅是門牌號碼，間或還能看見圖案迥異、褶襇不同的窗簾，人們幾乎難以根據庭院裡不同的植物加以區分它們。每個花壇跟前都立著掛有鳥籠的木樁和上有釉彩的裝飾品，如雨蛙、蛤蟆菌、侏儒等。馬爾克家的門前蹲著一隻陶瓷雨蛙，下一戶和再下一戶人家的門前蹲著的也是綠色的陶瓷雨蛙。

簡而言之，馬爾克家的門牌號碼是二十四號，倘若從狼街過來，是馬路左側的第四幢房子。東街和西街平行，它們的南口接著與狼街平行的熊街。若是從狼街方向沿著西街南行，越過左側紅瓦的房頂可以看見一座塔頂已經氧化的蔥頭形鐘塔①的正面和西面。若是從狼街方向沿著東街南行，越過右側的房頂可以看見鐘塔的正面和東面。這座基督教堂聳立在熊街的南側，正好在東街和西街之間。綠色的蔥頭形塔頂下面有四面大時鐘，向這一地區——從馬克斯．哈爾伯廣場到沒有鐘樓的天主教聖母院，從馬格德堡大街到鄰近舍爾米爾區的波薩多夫斯基路——報時，以便新教和天主教的工人、職員、女售貨員和中小學生能夠準時趕到那些並非按照宗教禮儀安排作息時間的工作單位和學校。

馬爾克從他的房間看見的是鐘塔東面的大鐘。他的房間是一個閣樓，山牆夾在兩堵略微向上傾斜的牆之間，雨水和冰雹幾乎就直接落在他那居中分開的頭髮上面。屋子裡淨是一些男孩子們喜歡的東西，從蝴蝶標本到人物明信片，其中有受歡迎的演員、獲得勳章的戰鬥機飛行員和坦克部隊的將軍。這裡還掛著其他東西：一幅沒有畫框的膠印油畫，畫面正中是西斯汀聖母，下方有兩個面頰紅潤豐滿的小天使；先前提過的畢蘇斯基獎章；那個來自琴斯托霍瓦的虔誠而神聖的護身符；進攻納爾維克的驅逐艦艦隊司令的照片。

我頭一回去他家時就立刻注意到了那個雪梟標本。我住在西街，離他家不遠。這裡要談的不是我自己，而是馬爾克，或者馬爾克和我，著眼點始終應該是馬爾克：他留著中分頭；他穿著高筒靴；他爲了將那隻永恆的貓從那隻永恆的老鼠那裡引開，在脖子上時而掛著這個時而掛著那個；他跪在聖母祭壇前面；他是個身上有新曬斑的潛水者；他儘管抽筋時的樣子很難看，卻總要游在我們前面一截；他好不容易學會了游泳；他畢業後想到馬戲團當小丑，把人們逗樂。

雪梟頭頂的羽毛也是從中間向兩邊分開的，牠像馬爾克一樣流露出一副飽經苦難又柔中帶剛的救世主神情，如同正在忍受牙痛的折磨。這隻雪梟標本是他父親留給他的遺物，做工精巧，只著了一層淺色，爪子握在一根白樺樹枝上。

我故意對雪梟標本、膠印的聖母油畫和來自琴斯托霍瓦的銀質獎章視而不見，因爲對我來說，這間小屋的中心是馬爾克費盡氣力從沉船裡拖拽上來的那臺留聲機。他在水下沒有找到一張唱片，也許全部溶化在水裡了。那個帶有搖手柄和唱針臂的相當現代化的音匣子是在軍官餐廳裡找到的，那裡曾經賜予過他銀質獎章和其他幾樣東西。軍官餐廳位於沉船中央，是我們——包括霍滕・索恩塔克在內——無法到達的。我們只能潛入前艙，絕不敢穿過漆黑的、連魚兒也不敢貿然進犯的間壁②，鑽到輪機艙和與之毗連的船艙裡。

在沉船上過的第一個暑假要結束之前，馬爾克大約經過十二次潛水，才把這臺留聲機弄了上來。同上次的那個滅火器一樣，這也是德國貨。他將音匣子一寸一寸地挪入前艙，移到艙口，拽上甲板，然後藉助那條曾經把米尼馬克斯牌滅火器拖上來的纜繩，把它拖出水面，弄到了我們的艦橋上面。

爲了把這臺搖手柄已經鏽死的音匣子運上陸地，我們只好用被海水沖到岸邊的一些木板和木樁紮了一只木筏。大家輪班拖木筏，而馬爾克卻沒有動手。

一週之後，修好的留聲機放在他的房間裡，金屬部分被塗成了青銅色，裡裡外外上了一層油，轉盤蒙上了一層新氈墊。馬爾克當著我的面上滿發條，讓沒放唱片的深綠色轉盤空轉。他雙手交叉抱在胸前，身邊是那隻站在白樺樹枝上的雪梟。他的老鼠一動也不動。我背靠著那幅西斯汀聖母油畫，要麼盯著悠悠空轉的轉盤，要麼從閣樓窗戶望出去，越過一片紅色的瓦頂，注視著基督教堂那座蔥頭形鐘塔正面和東面的大鐘。直到大鐘敲響六點，從掃雷艇上弄來的這臺留聲機才停止了單調乏味的嗡嗡聲。馬爾克多次給音匣子上滿發條，也要求我與趣不減地參與他的這種新儀式：傾聽各種不同的、漸次變化的聲音，注視每一次莊嚴肅穆的空轉。那時，馬爾克還沒有一張唱片。

書架上擺著許多書，長長的擱板已被壓彎。他讀的書很多，包括宗教方面的書籍。窗臺上放著幾盆仙人掌。除了「沃爾夫」級魚雷艇和「蟋蟀」號通信艦的模型之外，還得提及一只玻璃杯。它放在五斗櫃上的洗手盆旁邊，杯子裡總是渾濁不清，下面沉積了一層糖，大約有拇指那麼厚。據說，這種糖水能夠使馬爾克天生長得稀疏、而且趴在頭皮上的頭髮變得硬起來。每天早晨，馬爾克總要小心翼翼地攪動杯子裡的水，讓糖溶成牛奶狀的液體，卻又不破壞前一天的沉澱物。有一次，他讓我也試一試這種液體。我用梳子把糖水梳到頭髮裡面。使用了這種定型液之後，頭髮果然變得服服貼貼、溜光溜光，並且一直保持到晚上。我的頭皮發癢，兩隻手由於在頭髮上捋了幾下，結果弄得像馬爾克那雙手一樣黏糊糊的。也許，這都是我事後的憑空想像，其實我的手一點兒也不黏糊。

他的母親和姨媽住在樓下，那裡共有三間屋子，但只用了兩間。只要他在家，他的母親和姨媽總是靜悄悄的，甚至有點兒提心吊膽。她們爲馬爾克感到自豪，因爲他即使不是班上最頂尖的學生，也是大家公認的好學生，成績單可以爲證。他比我們大一歲——這一點很容易貶低他的學習成績，當初，他的母親和姨媽足足晚了一年才讓這個據她們說自幼體弱多病的男孩進入小學。

他不是一個想出人頭地的人，讀書不算十分用心，允許別人抄自己的作業，從不打小報告，除了在體操課上，沒有顯露出過度的野心，而且公開鄙視和干預高年級學生常常搞的那種惡作劇。有一次，霍滕・索恩塔克在施特芬斯公園③的長凳旁邊撿到了一個保險套。他用一根樹枝挑著帶進了教室，然後把它翻過來套在教室大門的把手上面。他想捉弄一下參議教師特勞伊格，這個有嚴重近視的教書匠本來早就該退休了。有人在走廊上喊了一聲：「他來了！」這時，馬爾克從凳子上站了起來，不慌不忙地走過去，用一張包奶油麵包的紙把保險套從門把上取了下來。

無人表示異議。他再一次向我們顯示了他的本領。我現在可以說：他不是一個想出人頭地的人，學習興趣平平，讓大家抄他的作業，除了在體操課上之外，毫無野心，也不參與平常的惡作劇。他就是這麼一個與衆不同的馬爾克。他總是有意無意地去博取人們的讚賞。他竟然願意將來到馬戲團去，搞不好還會登臺表演；他取下黏糊糊的保險套，藉此練習如何扮演小丑，獲得了大夥兒低聲的讚許。當他在單槓上做著大迴環的時候，聖母銀像在體育館污濁的臭氣裡旋轉，這時他幾乎眞的就是一個小丑。然而，大夥兒對馬爾克的讚賞主要集中在暑假期間，集中在那艘沉船上，儘管我們幾乎不可能把他那種著了魔似的潛水想像成爲精彩的雜技表演。每當他一次又一次渾身哆哆嗦嗦、青一塊紫一塊地爬上艦橋，高舉著撈上來的東西讓我們看的時候，我們甚至連笑都沒笑一下，最多半眞半假地讚嘆幾句：「你這小子可眞棒！我多麼希望能有你這樣的精力啊。約阿希姆，你眞是一條瘋狗。你是如何把它弄下來的？」

喝彩讓他感到心情舒暢，可以平緩他喉結的跳動；喝彩又會使他難堪，給喉結的跳動新的動力。他儘量避免招來新的喝彩。他絕不是牛皮大王。他從來沒說過：「你學學看。」或者：「今後一定會有人學我。」或者：「你們之中誰也不可能像我前天那樣，接連潛下去四次，從沉船中央一直潛到廚房，弄上來一罐食品罐頭。那肯定是法國貨，因爲裡面裝的是烤蛙腿，味道有點像小牛肉。可你們竟然害怕，甚至在我吃了半罐之後還是不願嘗一點兒。我弄上來第二罐，還找到了一把開罐器，可惜，這一罐已經變質了：**鹹牛肉**④。」

不，馬爾克從未講過這樣的話。他做的事總是不同尋常。比如，他從沉船的廚房裡弄到許多食品罐頭，從壓印上去的商標來看，都是英國貨或法國貨。他在水下還找到一把勉強能用的開罐器。他在我們眼前一聲不吭地打開罐頭，然後狼吞虎嚥地吃起那些據說是烤蛙腿的東西。咀嚼呑嚥的時候，他的喉結向上一竄一竄的——我忘了說一句，馬爾克天生就很貪吃，儘管如此他還是骨瘦如柴。他吃下去一半之後，不急不徐地把罐頭遞過來讓我們嘗嘗。我們謝絕了，因爲溫特爾看著看著就禁不住爬到一個空的機槍轉盤上面，朝著港口方向乾嘔了好一陣子。

在這頓炫耀式的美餐之後，馬爾克當然也獲得了喝彩。他不以爲然地擺了擺手，然後將剩餘的烤蛙腿和變了質的鹹牛肉餵了海鷗。當他大吃大嚼時，海鷗早已發瘋似地在他周圍盤旋。最後，他用這兩個鐵皮筒玩起九柱戲來，把它們擲向停在船上的海鷗。他用沙子擦拭開罐器。對於馬爾克來說，唯有這把開罐器才是值得保存的。像那把英國製的螺絲起子和各種護身符一樣，他此後也曾用一條繩子串著開罐器，把它掛在脖子上，但並非經常如此，只有在他打算到那艘波蘭掃雷艇的廚房裡尋找罐頭的時候——他從來沒有吃壞過肚子。他也把這玩意兒和其他東西一起藏在襯衣裡帶去上學，甚至戴著它去聖母院做晨禱。當馬爾克跪在長凳上領聖餐時，他總是向後仰著頭，舌頭伸在外面，古塞夫斯基司鐸爲他放上聖餅。這時，站在司鐸旁邊的彌撒助手總要朝他的襯衫領口裡窺探：開罐器在你的脖子下面，同聖母銀像和油光發亮的螺絲起子一道擺來擺去。我對你非常欽佩，雖然你對此並不在意。不，馬爾克並不是一個想出人頭地的人。

在馬爾克學會游泳的那年秋天，他被攆出「德意志少年團」，轉入「希特勒青年團」⑤，因爲他多次拒絕參加禮拜天上午的值勤，拒不帶領他的小隊——他是小隊長——去耶施肯塔森林⑥舉行朝日活動。但他這一舉動至少在我們班裡獲得了大家的熱烈讚揚。此後，他還是像往常一樣，冷靜地、近乎有些尷尬地參加我們的集會活動，同時——僅是作爲「希特勒青年團」的普通團員——照舊禮拜天上午不去值勤。他的缺席在這個全是由十四歲以上的男生組成的團體裡很少引起注意，因爲「希特勒青年團」要比「德意志少年團」鬆散得多，是一個適合像馬爾克這種濫竽充數、紀律渙散的人的組織。一般說來，他並不是那種不合群的人，除了禮拜天之外，他也經常參加晚上的活動和學習⑦。只要敲空罐頭的叮噹響聲不影響他禮拜天上午去做晨禱，他還是樂於參加當時經常發動的特別行動，如收集廢品舊貨⑧，爲「冬令賑濟會」⑨募集財物。在國家青年組織⑩裡，馬爾克這個團員始終默默無聞，也無任何特色，因爲從少年團轉入青年團並不是什麼特別情況。然而，當沉船上的第一個夏天結束之後，他在我們學校裡就成了一個特別的、既不好也不壞的、具有傳奇色彩的人物。

很明顯，對你來說，上面提到的青年組織是不能與我們的中學相提並論的；從長遠的觀點來看，它絕不僅僅是一所普通的完全中學，儘管它也有可愛得有些死板的校風，有花花綠綠的校帽⑪，也有所謂喚醒希望的校魂——你的行爲想必助長了這些希望。

「他到底是怎麼回事？」

「我看他有點兒怪癖。」

「這也許與他父親的死有關。」

「瞧他脖子上的那些玩意兒。」

「他老是去做晨禱。」

「但我想，他什麼都不信仰。」

「他這個人太注重實際。」

「那個玩意兒該怎麼解釋呢？而且最近又添了新花樣。」

「你去問他好了，當初正是你把貓按到他的……」

我們思來想去，無法理解你的所作所爲。你在學會游泳之前根本不值一提，只是偶爾被叫起來回答問題——你的答案多半準確無誤，你的名字叫做約阿希姆・馬爾克。我記得，在中學一年級時，也許還要遲一些，反正在你初學游泳之前，我倆曾在同一條長凳上坐過一段時間。或許你的座位在我的後面，或許你和我坐在同一排，你在中間一行，而我則在靠窗戶的那一行，緊挨著席林。據說，你升入中學二年級以後就不得不戴上了眼鏡，但當初卻壓根兒就沒有引起我的注意。另外，直到你能夠自由自在地游泳，開始在脖子上套著一截鞋帶時，我才發覺你一直以來就穿著一雙高筒繫帶靴。當時，一連串重大事件震撼了世界。馬爾克的紀年標準是：游泳及格之前與游泳及格之後。戰爭在各地——並非一下子，而是漸漸地，首先在韋斯特普拉特岬角⑫，繼而在廣播裡，然後又在報紙上——爆發的時候，他這個既不會游泳又不會騎車的中學生並沒感到有什麼特別。那艘後來爲他提供初次登臺表演機會的「鷗」級掃雷艇，曾經在普齊格灣⑬、在但澤灣和在赫拉漁港發揮了它的軍事作用，儘管只有短短的幾個星期⑭。

波蘭海軍並不強大，但是很慓悍。我們非常熟悉這些多半是在英國或法國下水的波蘭新型艦艇，甚至能夠準確無誤地報出它們的武器裝備、載重噸位和航行速度，就像我們能夠報出所有義大利輕巡洋艦、巴西老掉牙的鐵甲艦和淺水重砲艦的艦名一樣。

後來，馬爾克在這門學問⑮上也遙遙領先同儕，他可以流暢地一口氣報出許多日本驅逐艦的艦名，從一九二三年改進了的、速度較慢的「朝顏」級，直到一九三八年剛下水的、現代化的「霞」級，如「福米塔吉」號、「薩塔吉」號、「勇塔吉」號、「穗風」號、「灘風」號、「追手」號等等。

波蘭海軍艦艇的數據他隨口即可報出：「閃電」號驅逐艦和「雷霆」號驅逐艦，載重兩千噸，航速三十九節⑯，戰爭爆發前兩天駛往英國港口，此後被編入了英國海軍。「閃電」號現仍保存完好，停泊在格丁根港，作爲一座海上浮動的海軍博物館供學生參觀。

載重一千五百噸、航速三十三節的「暴風雨」號驅逐艦沿著航線逃到英國。在五艘波蘭潛艇中，「狼」號和載重一千一百噸的「鷹」號——經過充滿冒險的、沒有海圖和指揮官的航行之後——成功地駛入了英國港口，「猞猁」號、「野貓」號和「禿鷹」號則在瑞典遭到羈押扣留[17]。

戰爭爆發時，在格丁根、普齊格、海斯特內斯特、赫拉等港口停泊著下列艦隻：法國製的老式巡洋艦「波羅的海」號，它當時已成爲教練船和生活船；「兀鷹」號布雷艦，載重二千二百噸，裝備精良，由勒阿弗爾[18]的諾爾芒造船廠製造，艦上通常可以攜帶三百枚水雷；「旋風」號驅逐艦；幾艘前德國皇家海軍留下來的魚雷艇；六艘航速爲十八節的「鷗」級掃雷艇，它們均裝備了一門口徑爲七十五公釐的船頭火砲和四把旋轉機槍，按照官方的說法，可以攜帶二十枚水雷，既可佈雷亦可掃雷。

在這幾艘一百八十五噸級的掃雷艇裡，有一艘是專門爲馬爾克製造的。

但澤灣的海戰從九月一日持續到十月二日，赫拉半島投降之後，單純從表面上來看，當時的戰績如下：波蘭的「兀鷹」號布雷艦、「旋風」號驅逐艦和「波羅的海」號巡洋艦以及三艘「鷗」級掃雷艇——「海鷗」號、「燕子」號和「白鷺」號被擊沉在港內；德國的「勒伯萊希特・馬斯」號驅逐艦被岸砲擊傷，「M-85」號掃雷艇在海斯特內斯特東北方海面被一枚波蘭潛艇發射的魚雷擊中，沉入海底，艇上的三分之一人員喪生。

波蘭的其餘三艘「鷗」級掃雷艇受到輕微損傷，被德軍俘獲。「仙鶴」號和「鷗」號不久就被改名爲「奧克斯特雷夫特」號和「韋斯特普拉特」號繼續服役。第三艘掃雷艇——「雲雀」號則在從赫拉拖入但澤新航道的過程中觸礁沉沒，在那裡等待著約阿希姆．馬爾克的到來，因爲正是他在第二年的夏天摸到了一塊小小的銅牌，上面鐫刻著「雲雀」幾個字。後來聽說，當時一名波蘭海軍軍官和一名海軍士官被迫在德軍的監視下駕駛這艘掃雷艇，他們按照衆所周知的「斯卡帕灣模式」⑲使該艦灌滿了海水。

由於各種原因，它沉在主航道和新航道導航浮標的外側，正好在有利於打撈的一片沙洲上面，然而它卻一直沒有被打撈上來。在以後戰火紛飛的幾年裡，它的艦橋上部、部分舷欄杆、彎曲的通風管，以及被拆卸了大砲的砲座始終矗立在海面上。人們起初感到陌生，慢慢也就習慣了。它爲你——約阿希姆．馬爾克提供了一個目標，就像一九四五年二月在格丁根港口被炸沉的那艘「格奈森瑙」號⑳戰列艦成了波蘭學生的目標一樣。不過，在那些潛到水下、掏出「格奈森瑙」號內臟的波蘭男孩們之中，是不是也有人像馬爾克那樣對潛水迷戀到如此地步的，將永遠不爲人所知。

①蔥頭形鐘塔是文藝復興以後在德國流行的一種建築形式，塔頂通常蓋著一層銅板，日曬雨淋使銅板表面產生一層綠色的氧化物。

②船艙之間防止漏水的隔牆。

③位於但澤市區與近郊朗富爾區之間的公園。

④原文為英文。

⑤納粹黨在一九二六年建立了它的青少年組織：由十至十四歲男孩組成的「德意志少年團」，由十至十四歲女孩組成的「德意志少女團」，由十四至十八歲男青年組成的「希特勒青年團」，由十四至十八歲女青年組成的「德意志女青年聯盟」，後來統稱為「希特勒青年團」，一九三六年宣布為國家青年組織。自一九三九年起，每個適齡的青少年有義務加入相應的組織。

⑥位於但澤市郊。

⑦指每個希特勒青年團員必須參加的政治學習。

⑧第二次世界大戰中，納粹當局號召青少年組織挨家挨戶收集廢銅爛鐵，重新利用。

⑨一九三三年至一九四五年受納粹黨控制的德國慈善組織。

⑩指「希特勒青年團」。

⑪當時，每個完全中學都有各自的校帽。校帽的顏色不同，以便區別學校；帽子上綴有各種顏色的帽帶，以便區別年級和班次。

⑫位於維斯瓦河流入波羅的海的入海口附近，德軍入侵波蘭後，波蘭軍隊曾在此頑強抵抗。

⑬普齊格灣，位於但澤西北，赫拉半島與普魯士西海岸之間。

⑭第二次世界大戰爆發後，波蘭海軍的大部分艦艇被德國海軍和空軍擊沉或俘獲。

⑮第二次世界大戰前夕，熟記各國軍隊武器裝備在德國男孩之間十分時興，作者將這種風氣戲稱為「學問」。

下文提到的艦名及數據均與實際情況相符。

⑯航海術語，一節相當於每小時一海浬。

⑰按照國際法規定，交戰國的艦船如果侵入中立國，將被羈押扣留。瑞典在第二次世界大戰中一直保持中立。

⑱法國第二大海港，位於西北部塞納河口。

⑲斯卡帕灣是英國海軍的重要基地。一九一八年底至一九一九年初，德國遠洋艦隊被扣留在斯卡帕灣。為了不讓德國軍艦編入英國海軍，德國水兵鑿沉了所有軍艦，被稱為「斯卡帕灣模式」。

⑳「格奈森瑙」號，德國的一艘二萬六千噸戰列艦。

第三章

他長得並不漂亮。他本該去修理一下他的喉結。所有的毛病恐怕都出在那塊軟骨上。這個東西也有它的對稱物。人們不能一廂情願地用是否勻稱來說明一切。他從未在我的面前暴露過自己的內心世界。我也從未聽他談過自己的思想。他對自己的脖子及其衆多的對稱物更是諱莫如深。他將夾心麵包帶到學校和浴場，在上課期間和游泳之前吃掉這些抹著人造奶油的麵包。這只是又一次暗示那隻老鼠的存在，因爲這隻老鼠也在一同咀嚼，而且永遠也吃不飽。

他仍然朝著聖母祭壇祈禱。對於那個被釘在十字架上的男人，他並無特別的興趣。引人注目的是，當他雙手交叉時，喉結一上一下的動作並沒有消失，甚至一刻未停。他一邊祈禱，一邊慢慢地嚥口水，試圖通過這種別具風格的動作，把人們的注意力從一部始終在運行的升降機上引開。這部升降機位於襯衣領口和用細繩、鞋帶、項鍊繫著的垂飾物的上方。

他平素與女孩們沒什麼交情。他有任何姊妹嗎？我的表妹們幫不了他的忙。他和圖拉·

波克里弗克①的關係當然不能算數，但也有其獨特之處，作爲一個雜技節目——他的確想當一名小丑——倒也是挺不錯的。圖拉身材苗條，兩腿細長，她本來完全可以當個男孩。第二年夏天，當我們在沉船上解小便，或者爲了愛惜泳褲，光溜溜地、無所事事地躺在鏽跡斑駁的甲板上時，這個由著性子跟我們一塊兒游泳的弱不禁風的小姑娘在我們面前一點兒也不感到害羞。

圖拉的臉可以用一幅由句號、逗號和破折號組成的圖畫再現出來。她的腳趾之間一定長著一層蹼膜，所以她可以輕飄飄地浮在水面。即使是在沉船上，周圍淨是海藻、海鷗和略有酸味的鐵鏽，她的身上仍然發出一股木膠的味道，因爲她父親整天都在她舅舅的木匠鋪裡和木膠打交道。她由皮膚、骨骼和好奇心組成。每當溫特爾或埃施再也忍耐不住，做出他們那小小的把戲時，圖拉總是用手托著下巴默默地注視他們。她蹲在溫特爾的對面，背上顯出高高的脊樑骨，嘴裡不住地埋怨：「你這傢伙，總是這麼慢吞吞的。」溫特爾每次要花很長時間才能完成那小小的把戲。

當那團東西終於流了出來，落到鐵鏽上之後，圖拉才開始變得手忙腳亂。她匍匐在甲板上，眯縫著眼睛，看啊，看啊，試圖從中發現什麼誰也不知道的東西。她又蹲了一會兒，然後用膝蓋撐地，輕巧地站了起來，兩腿呈X形，靈活的大腳趾攪動著那團東西，直到它泛起鏽紅色的泡沫。「嘿！眞棒！阿策，你也來一次吧！」

圖拉對這種確實無傷大雅的遊戲從不感到厭倦。她甕聲甕氣地央求道：「再來一次吧！誰今天還沒幹過？現在該輪到你啦！」

她總能找到一些蠢人和好心人，他們即使對此根本沒有興趣，但也願意去幹那件事兒，好讓她有東西可看。在圖拉找到合適的話採用激將法之前，唯一沒有參與此事的是以游泳和潛水技能著稱的約阿希姆・馬爾克。因此，有必要在此敍述一下這場比賽。當我們單獨或者幾個人一起——就像懺悔箴言中所說的那樣——從事那件《聖經》裡已經出現過的活動時，馬爾克總是穿著泳褲，專心致志地望著赫拉半島。我們敢肯定，他在家裡，在自己的房間裡，在雪梟和西斯汀聖母之間，也會進行這種運動。他剛從水下上來，像往常一樣渾身發抖，他沒有摸上來任何値得炫耀一下的東西。席林已經爲圖拉幹了一次。一艘海岸機動船依靠自己的動力駛入港口。「再來一次吧！」圖拉乞求席林，因爲他幹得最棒。停泊場裡沒有一條船。「游泳之後幹不了。明天再說吧。」席林敷衍了幾句。圖拉用腳後跟一轉，踮起腳尖，幾個腳趾分得很開，一搖一晃地走到馬爾克的面前。馬爾克一如往常，蹲在羅盤室後面的陰影裡瑟瑟顫抖。一艘有船頭火砲的遠洋拖輪駛出港口。

「你也行嗎？就幹一次。難道你幹不了？不想幹？不敢幹？」

馬爾克從陰影裡探出半截身子，先用手心，又用手背，從左右兩邊摸了摸圖拉那張五官緊湊的小臉。他脖子上的那個東西在無拘無束地跳動。那把螺絲起子像是發了瘋。圖拉當然不會用眼淚去感化他。她抿著嘴，噗哧一笑，在他面前打了個滾，舒展柔軟的四肢，毫不費力地做了一個橋式動作②，然後從自己兩條細腿之間望著馬爾克，直到他——這時又已縮回到陰影裡——說：「那好吧！爲了讓你閉上嘴巴。」這時，那艘拖輪改變了航向，轉向西北。

當馬爾克把泳褲脫到膝部時，圖拉立刻直起身體，雙腿交叉，蹲在那裡。孩子們瞪圓了眼睛看著這場木偶戲：馬爾克用右手做了幾個動作，他的小尾巴就挺了起來，龜頭從羅盤室的陰影裡伸出來，曬到了太陽。直到我們大家圍著他站成了一個半圓形，馬爾克的小不倒翁才重新縮回陰影裡。

「讓我稍微摸一摸好嗎？就一下。」圖拉張著嘴巴。馬爾克點了點頭，垂下右手，握成拳頭。圖拉那兩隻始終帶有劃傷的手摸著那個玩意兒，顯得有些不知所措，在指尖哆哆嗦嗦的觸摸下，那個玩意兒漸漸增大，血管脹了出來，龜頭一探一探。

「給他量一量！」于爾根・庫普卡喊道。圖拉張開左手量了一下：一拃再加大半拃。有一兩個人低聲說道：「少說也有三十公分。」這當然有些誇張。在我們中間，席林的小東西最長。他被迫掏出那個玩意兒，讓它勃起，伸到馬爾克的旁邊比試。馬爾克的不僅粗一號，而且還長出大約一根火柴棒，此外，看上去也更加成熟，更加咄咄逼人，更加值得崇拜。

他爲我們又表演了一次，緊接著又表演了一次，這樣他就連續兩次引鼠出洞——這是我們當時的說法。馬爾克站在羅盤室後面彎彎曲曲的舷欄杆前，兩膝微曲，出神地望著新航道導航浮標那邊，目送著漸漸遠去的遠洋拖輪噴出的淡淡的煙。一艘正駛出港口的「鷗」級魚雷艇也沒能引開他的注意力。他讓我們看見一幅從甲板上輕輕踮起的足尖到中分頭的頭路所構成的側面像。值得一提的是，他那性器的長度抵消了平時引人注目的凸出來的喉結，使他的體態獲得了一種即使略有異常但卻勻稱適度的和諧。

馬爾克剛剛將第一批積蓄越過舷欄杆噴射出去，就立刻開始準備第二批。溫特爾用他的防水手錶計算時間：馬爾克所需要的時間恰恰是那艘出港的魚雷艇從防波堤駛到導航浮標所花費的時間。當魚雷艇穿過導航浮標時，他射出了和第一次一樣多的東西。它們飄浮在平靜、偶爾起伏的海面上。海鷗成群地撲上去，尖叫著希望得到更多更多。我們笑得前俯後仰。

約阿希姆・馬爾克不必重複這種表演，也不用提高難度，因爲我們當中還沒有人能夠打破他的紀錄，至少在游泳和費勁的潛水之後。我們無論做什麼事，都像從事體育運動那樣地遵守規則。

他給圖拉・波克里弗克留下的印象大概最爲深刻。有好一陣子，她總是跟在他的後面。

在沉船上，她也老是蹲在羅盤室的附近，兩眼緊盯著馬爾克的泳褲。她曾求過他好幾次，可他都拒絕了，而且一點兒也不生氣。

「難道你要爲此懺悔嗎？」

馬爾克點了點頭。爲了吸引她的目光，他開始擺弄那把用鞋帶繫住的螺絲起子。

「帶我下去一次好嗎？我一個人害怕。我敢打賭，下面一定還有死人。」

也許是出於教育的理由，馬爾克把圖拉帶進了沉船的前艙。他們倆潛下去的時間太長，當他把她托上來時，她已經完全趴在他的身上，臉色又灰又黃。我們只得趕緊將她那輕盈、到處都很平坦的身體整個地倒立過來。

從那天以後，圖拉・波克里弗克很少再上沉船。她比其他同齡的女孩要能幹得多。沉船裡有死水手這個不朽的傳說越來越攪得我們心煩意亂，也成了她的主要話題。「誰要是能替我把他撈上來，誰就可以有一次機會。」這是圖拉許諾的報酬。

我們大家當時好像都潛入了沉船的前艙。馬爾克還進了輪機艙，儘管他不肯向我們承認。我們四處尋找一個差不多已被海水泡化了的波蘭水兵，絕對不是爲了試試那個尙未成熟的東西，而只是爲找而找，僅此而已。

但是，除了幾件纏滿海藻的破衣爛衫之外，就連馬爾克也沒能找到任何東西。從破衣爛衫裡蹦出來幾條刺魚。海鷗發現了，當作一頓美味饕餮著。

不，馬爾克並沒有看上圖拉，儘管聽說她後來的確跟他玩過。他不合女孩們的胃口，自然也不合席林的妹妹的胃口。他曾經像一條魚似的瞅著我那兩個從柏林來的表妹。倘若他眞有幹什麼事兒，那不過就是和男孩子們搞的名堂。我並不想說，馬爾克搞同性戀。那幾年，我們經常在浴場和沉船之間游來游去，大家都不太清楚，我們到底是男孩還是女孩。實際上，在馬爾克的眼裡，如果存在女人的話，那麼也只有天主教的聖母瑪利亞才算得上，儘管後來似乎有過一些與此相牴觸的傳聞和事實。僅僅是爲了她，他才把所有可以掛在脖子上的東西統統帶進了聖母院。他的所作所爲——從潛水到後來更多表現在軍事方面的成績——都是爲了她或者——我難以自圓其說——只是爲了把人們的注意力從他的喉結上面引開。除了聖母瑪利亞和老鼠，這裡還可以舉出第三個動機：我們那所完全中學。這所散發著霉味、通風條件惡劣的學校，尤其是那個禮堂，對於約阿希姆・馬爾克來說非常重要，它們後來逼你做出了最後的努力。

現在該是講一講馬爾克面容的時候了。我們之中有幾個是戰爭的倖存者，住在小的小城市和大的小城市，身體發了福，頭髮脫落了，口袋裡有了幾個錢。席林住在杜伊斯堡；于爾根•庫普卡住在布藍茲維，前不久移居加拿大。我一見到他們，兩人立刻就談起那個喉結：「哦，他的脖子上長著好大一個東西。我們將一隻貓弄到他的面前，還是你把貓按到他的脖子上的……」我趕忙打斷他們的話：「我不想提這些，只想談談那張面孔。」

我們暫時取得了一致的意見：他的眼珠是灰色的，或者是灰藍色的，反正不是棕色的，明亮但不發光。面龐狹長、瘦削，顴骨四周肌肉發達。鼻子不算太大，肉乎乎的，遇上冷天很快就會變得通紅。那個凸出的後腦勺前面已經提到過了。我們很難就馬爾克的上嘴唇取得統一的看法。于爾根•庫普卡贊同我的意見：它朝外翻，遮不住上頜的兩顆門牙，況且這兩顆門牙長得也不直，像野豬獠牙似的斜向兩邊——潛水時當然例外。然而，我們也有些懷疑，因爲我們記得圖拉的上嘴唇也朝外翻，門牙總是露在外面。最後，我們仍然無法確定，是否在上嘴唇這件事上把馬爾克和圖拉搞混了。也許只有圖拉的上嘴唇朝外翻，因爲她的的確確有一片朝外翻的上嘴唇。

席林住在杜伊斯堡。因爲他妻子不歡迎未經事先預約的拜訪，我們只好在火車站前的小吃店裡碰頭。他使我想起曾經在我們班上引起了一場歷時數日爭吵的那幅漫畫。大概是在一九四一年，我們班上來了一個高個子的傢伙，他說起話來結結巴巴，但卻能言善辯。他們全家是從波羅的海東岸三國[3]遷來的。他出身高貴，父親是個男爵。他衣著時髦，會講希臘語，閒談起來滔滔不絕，冬天總戴著毛皮帽子。他姓什麼來著？反正名字是叫卡萊爾。他擅長繪畫，動作快極了，而且照著圖樣或者不照著圖樣都行。被狼群圍在中間的馬拉雪橇；喝醉酒的哥薩克騎兵；像是出自《前鋒》雜誌④的猶太人；騎在獅子背上的裸體女郎，大腿又細又長，像瓷器般光滑，畫得並不下流；用牙齒撕碎小孩兒的布爾什維克分子；穿著查理大帝⑤的服裝的希特勒；坐在賽車方向盤前的女士，長長的披巾隨風飄舞。他能夠迅速而熟練地畫出老師和同學的漫畫肖像，或用畫筆、鋼筆和紅鉛筆畫在任何一張紙片上，或用粉筆畫到黑板上。馬爾克的肖像他從不用紅鉛筆畫在紙上，而是用寫起來嘎吱作響的教學粉筆畫到教室的黑板上。

他畫的是正面像。馬爾克此時已經留了那種矯揉造作、用糖水固定的中分頭。他將馬爾克的臉畫成一個下巴尖尖的三角形，嘴巴繃得緊緊的。那兩顆露在外面、讓人覺得像是野豬獠牙的門牙，他倒是沒畫出來。眼睛成了兩個引人注目的圓點，眉毛痛苦地向上揚著。脖子畫得稍稍有些扭歪，差不多成了側面圖，這樣一來便突出了喉結所產生的怪物。在腦袋和痛苦的表情後面罩著一輪聖光：救世主馬爾克完美無瑕，具有永恆的魅力。

我們坐在座位上怪聲大笑，直到有一個人揪住了卡萊爾的衣襟，我們方才醒悟。這人先是赤手空拳地撲上講臺，然後又從脖子上扯下了那把不鏽鋼螺絲起子準備大打出手。我們好不容易才將兩人分開。

是我用海綿擦去了黑板上你的那幅救世主畫像。

①少女圖拉·波克里弗克也是但澤三部曲的第三部《狗年月》（一九六三）裡的人物。
②體操術語，即向後彎腰，兩手撐地。
③波羅的海東岸三國指愛沙尼亞、拉脫維亞和立陶宛。
④納粹黨在一九二三年至一九四五年間辦的一份反猶太人刊物，經常刊登一些醜化猶太人的諷刺漫畫。
⑤查理大帝（七四二～八一四），法蘭克國王（七六六～八一四），德意志神聖羅馬帝國皇帝（八〇〇～八一四）。

第四章

說句既是玩笑又非玩笑的話：你也許沒有當成小丑，反倒成了一個類似時裝設計師的人物。因爲在第二個沉船之夏過後的那個冬天①，正是馬爾克將所謂的流蘇帶入了這個世界。一條編織的毛線繫住兩個或單色或雜色、約莫乒乓球大小的羊毛小球，像一條領帶似的垂在襯衫領口的下方，前面繫上一個結，以便兩個小球能像蝴蝶結似的橫在兩邊。我經過證實得知，從戰爭爆發後的第三個冬天起，幾乎在整個德國，特別是北部和東部，人們開始戴上了這種小球或者流蘇——這是我們的叫法，在完全中學的學生中間尤爲流行。在我們那裡，馬爾克是最先戴的，其實，他自己完全能夠發明出來。也許他眞的就是發明者。據他聲稱，他讓他的蘇茜姨媽用碎羊毛、粗細不均的舊毛線，以及他去世的父親留下的補了又補的羊毛襪，做了好幾對流蘇。於是，他把它們套在脖子上，堂而皇之地帶進了學校。

十天以後，這種流蘇開始出現在紡織品商店，最初還只是沒有把握地放在收銀臺旁邊的紙盒裡，不久則在玻璃櫥窗裡漂漂亮亮地公開亮了相，而且是免證供應——這一點尤爲重要。

此後，它們從朗富爾區出發，不受限制地開始了進軍德國東部和北部的勝利之行。甚至在萊比錫，在皮爾納，漸漸地也有人戴上了這種東西——我可以舉出許多見證人。幾個月之後，它們又零零星星地出現在萊因蘭和普法耳茨地區，這時馬爾克已經把流蘇從脖子上取了下來。我至今仍然清楚地記得馬爾克把他發明的東西從脖子上取下來的那一天。對此下文將會提及。

我們後來又戴了流蘇很長一段時間，而這完全是出於抗議。我們學校的校長、高級參議教師克洛澤認爲，戴這種流蘇太女人氣，配不上一個德意志的年輕人，因此他禁止在教學大樓和校園裡戴流蘇。然而，許多人只有在上克洛澤的課時才遵守這項在每個班級都宣讀過的規定。說起流蘇，我倒想起了「布魯尼斯老爹」。這個退休的參議教師在戰爭期間重執政鞭。他倒是覺得這種花花綠綠的玩意兒挺有趣兒，在馬爾克不戴以後，他還有過那麼一次或兩次，把流蘇繫在漿過的衣領前面，吟起艾興多爾夫的詩句：「陰暗的山牆，高大的窗戶②……」他也吟誦其他詩句，但無論如何也是艾興多爾夫的，這是他最喜歡的詩人。奧斯瓦爾德•布魯尼斯愛吃零食，尤以甜的東西爲最。後來，他在教學大樓裡被人抓走了，據說是因爲他私吞了應該發給學生的維他命片，或許還有政治方面的原因——布魯尼斯是共濟會③成員。不少學生受到傳訊。但願我當時沒有說他的壞話。他那個長得像洋娃娃似的養女正在學習芭蕾舞，她穿著黑色的喪服走過大街小巷。他們將他送到了施圖特霍夫④——他永遠地留在了那裡——這是一個神祕而複雜的故事，與馬爾克毫無關係，把它留給別人在其他地方訴諸筆墨吧⑤。

現在還是回到流蘇的話題。馬爾克發明這種東西，當然是想爲他的喉結帶來一些好處。有一段時間，它們的確可以讓那種難以抑制的跳躍平靜下來。但是，當流蘇到處流行起來，甚至成爲整個年級的時尚之後，它在它的發明者的脖子上就再也不那麼引人注目了。一九四一年至一九四二年冬天對於他來說一定糟糕透了，既不能潛水，流蘇也失靈了。我經常看見約阿希姆・馬爾克孤零零地走在東街上。他穿過熊街，朝著聖母院方向走去，那雙黑色的高統繫帶靴把煤灰路面上的積雪踩得嘎嘎直響。他沒有戴帽子。兩隻紅通通的招風耳光滑透亮。抹了糖水、已經凍硬了的頭髮自頭上的旋兒開始，從正中向兩邊分開。眉尖緊鎖，面露愁容，一雙大大的眼睛看上去比平時更加黯淡無光。外套的領子翻了起來，這件外套也是他父親的遺物。緊挨著尖尖的、甚至有些乾癟的下巴頦兒圍著一條灰色的羊毛圍巾，上面別著一枚很大的、老遠就看得見的別針，以防它滑落下來。每走二十步，他總要從外套口袋裡伸出右手，檢查一下脖子前面的圍巾亂了沒有。我曾經見過一些丑角戴著這麼大的別針表演，如喜劇小丑格洛克⑥、電影裡的卓別林。馬爾克也在練習。男人，女人，休假的軍人，孩子，零星地或成群地從雪地裡朝他走來。所有的人，包括馬爾克，都從嘴裡呼出白色的霧氣。霧氣又順著肩膀飄到身後。所有迎面而來的目光都不約而同地投向了那枚滑稽的、非常滑稽的、非常非常滑稽的別針——馬爾克心裡大概會這麼想。

在這個寒冷而乾燥的冬天，我和從柏林來此度聖誕節假期的兩個表妹曾經去遠足。爲了湊成對兒，便找了席林。我們越過結冰的海面，去那艘被冰封住了的掃雷艇。我們稍微吹了點牛皮，想讓這兩個嬌滴滴的柏林姑娘開開眼界，瞧一瞧我們的沉船。她們兩個長得都挺漂亮，有著金黃色的鬈髮。我們還希望，能在沉船上同這兩個在有軌電車裡和沙灘上裝作羞答答的小妞，幹點什麼連我們自己也不清楚的好事。

然而，這個下午卻全讓馬爾克給攪和了。破冰船多次往返於通往港口的航道，所以在沉船的前面堆積了許多冰塊，重重疊疊，犬牙交錯，形成了一道布滿裂縫的冰牆，甚至把艦橋都遮住了一部分。風兒吹來，冰牆呼呼作響。席林和我爬上約莫一人高的冰牆，首先看見了馬爾克。我們把姑娘也拉上了冰牆。艦橋、羅盤室和艦橋後面的通風管，以及其他露在冰上的東西形成了一塊彷彿覆有一層藍白色釉彩的糖果，一輪凍僵了的太陽正徒勞地舔著它。沒有一隻海鷗。牠們恐怕都在遠處的海面上，圍繞著停泊場被冰封住的貨輪上的垃圾盤旋。

馬爾克自然已將外套的領子翻了起來，緊挨著下巴頦兒裹著圍巾，前面別著那枚別針，頭上什麼都沒戴，仍然留著中分頭。馬爾克那兩隻招風耳倒是套上了那種清道夫和啤酒搬運工常戴的、黑色的圓形耳套，固定耳套的是一個鐵皮弓架，它像橫樑似的正好與頭髮的中分線交叉。

他正在沉船前艙上的冰面上忙碌著，沒有發現我們。想必他已經做得渾身發熱了吧。他試圖用一把靈巧輕便的斧頭鑿穿那裡的冰層，前艙那個開著的艙口大概就在那層冰的下面。他迅速而敏捷地揮動斧頭，砍出了一道環形、約有下水道蓋子大小的裂口。席林和我從冰牆上跳下去，又把女孩們接了下來，將她們一一介紹給馬爾克。他肯定沒有脫下手套，只是把斧頭換到左手，伸出熱乎乎的右手和每個人握了握。我們把手剛縮回來，他的右手立刻又握住斧頭，朝著裂縫砍了起來。兩個女孩嘴巴略微張著站在旁邊。細小的牙齒凍得冰涼。呼出的氣在頭巾上結成了一層白霜。她們睜大發亮的眼睛緊盯著鐵斧和冰面撞擊的地方。席林和我無所事事地站在一旁，開始談起他潛水的事蹟和夏天發生的事情，儘管我倆都對馬爾克大爲惱火。「告訴你們吧，他曾經撈上來不少小牌子，還有滅火器、罐頭什麼的，用開罐器打開，罐頭裡面淨是人肉；他還搞上來一臺留聲機，你們猜猜，從裡面爬出什麼東西來了？有一次，他還……」

女孩們沒有完全聽明白。她們提了一些極其愚蠢的問題，還用「您」來稱呼馬爾克。他一刻不停地砍著，只有當我們在冰上過分誇張地大聲讚揚他的潛水事蹟時，他才搖搖戴著耳套的腦袋。他沒有忘記用那隻沒握斧頭的手摸摸他的圍巾和別針。我們說得口乾舌燥，渾身都凍僵了。每砍二十下，他就休息一下，趁這功夫說上幾句謙虛的話，介紹一點客觀情況，連腰都顧不得完全挺直。他肯定又尷尬地強調了幾次較小的潛水試驗，但卻避而不提那些危險的遠征；他談得較多的是他的工作，而不是他在這艘沉沒而灌滿海水的掃雷艇船艙裡進行的冒險。那道裂縫越來越深地進入冰層。我的表妹們並沒有讓馬爾克迷住，因爲他的詞句始終那麼平淡無味，一點幽默感也沒有。這兩個小妞大概從未同這樣一個像祖父般戴著黑色耳套的人物打過交道。席林和我仍然無所事事，流著清鼻涕，狼狽地站在旁邊，他簡直把我們當成了兩個凍得渾身哆嗦的見習水手，以至於女孩們也對我和席林另眼相待了。甚至在回去的路上，她們還是一直顯得很傲慢。

馬爾克不肯走，他要把那個窟窿鑿穿，以便證明他選擇的那個位置正好是在艙口的上面。雖然他沒說「你們等到我鑿穿再走吧」這類的話，但是，當我們已經站在冰牆上準備離開時，他卻把我們拖延了大約五分鐘。他一直躬著腰，壓低聲音說著什麼，並非衝著我們，而是朝著停泊場被冰封住的那些貨船。

他請我們幫幫他。也許他是客客氣氣地下了一道命令？他要我們把小便尿進他用斧頭砍出來的裂縫，讓溫熱的尿把冰化開，至少是把它弄軟一點兒。席林或我剛想說：「這是不可能的事！」或者：「我們在來的路上已經撒過尿了。」我的表妹們就已經大聲嚷了起來，表示願意幫忙。「哎，你們快把臉轉過去！還有您，馬爾克先生。」

馬爾克告訴她們應該蹲在什麼位置，他說，小便必須始終尿在同一個地方，否則就不起作用。然後他也爬上冰牆，和我們一起把臉轉向沙灘。伴隨著竊笑私語，我們身後響起了一陣二聲部的小便聲。我們眺望著布勒森海濱沙灘和結冰的碼頭上黑壓壓的人群。海濱林蔭道旁的十七棵白楊樹披上了一層冰衣。布勒森的那片小樹林的上方露出一個方尖塔，那是陣亡將士紀念碑。塔尖上的金球向我們發出令人激動的閃光信號。到處都使人感覺到這是禮拜天。

女孩們穿好滑雪褲之後，我們跳下冰牆，踮著腳尖站在裂縫的四周。那兒仍在冒著熱氣，特別是馬爾克預先用斧頭打過叉的兩處。淡黃色的尿積在冰縫裡，沙沙地響著，一點點地向下滲透。冰縫的邊緣漸漸地變成了黃綠色。冰在低聲哭泣。濃烈的臊味始終不散，因爲這裡沒有任何壓得住它的氣味。馬爾克又用斧頭砍了起來，臊味變得愈加濃烈了。他從冰縫處扒出來的冰碴兒足足可以裝滿一只普通提桶。在那兩處打過叉的地方，他輕而易舉地加深了冰縫的深度，鑿出了兩口「豎井」。

被尿泡軟的冰碴兒堆在一旁，很快就又被凍硬了。他又選了兩處，分別畫上了標記。女孩們把臉扭向一邊。席林和我解開褲扣，準備幫助馬爾克。我們又化開了幾公分冰層，鑽出了兩個不算很深的新窟窿。他沒有撒尿。我們也沒要求他，反倒是擔心女孩們可能會慫恿他這麼做。

我們剛剛撒完尿，我的表妹們還沒來得及開口，馬爾克就打發我們走。我們重新爬上冰牆，望著身後，只見他將別著別針的圍巾朝上拉了拉，遮住下巴和鼻子，但沒讓脖子露出來。帶有紅色和白色斑點的羊毛小球，或者說流蘇，暴露在圍巾和外套領子之間。這時，他已經彎下腰，繼續鑿那道我們和女孩們正在談論的冰縫。他和我們之間出現了一層層薄薄的霧靄，宛若洗衣房裡的霧氣，陽光正費力地穿透它們。

在回布勒森的路上，我們的話題一直圍繞著他。兩個表妹交替或同時提出一些並非都能得到解答的問題。小表妹想知道，馬爾克爲何把圍巾繫得這麼高，緊挨著下巴頦兒，像綁在脖子上的一條繃帶似的。大表妹也提起了這條圍巾。席林抓住這個小小的機會，開始描述馬爾克的喉結，好像是在談論一個雞膝子。他摘下滑雪帽，用手指把頭髮從中間分開，誇張地做出呑嚥東西的動作，學著馬爾克那樣咀嚼，引得女孩們哈哈大笑，都說馬爾克眞夠滑稽的，大腦肯定有點兒不正常。

我也爲此做出了一份微薄的貢獻，介紹了你與聖母瑪利亞的關係。然而，儘管取得了這次有損於你的小小勝利，我的表妹們一週之後還是返回了柏林。我們和她們除了在電影院裡有過幾次平平常常的擁抱和接吻之外，沒能幹出任何放縱的事來。

此事不能再隱瞞下去了：第二天，我一大早就乘有軌電車去了布勒森。在海濱的濃霧下，我走在冰上，差點兒錯過了那艘沉船。我找到了前艙上方那個已經鑿成的冰窟窿，費力地用鞋跟踩，用悄悄帶來的一根父親散步時用的手杖戳，弄碎了那層經過一夜又凍得可以載人的冰，又用帶鐵頭的手杖捅進這個灰暗、滿是冰碴兒的窟窿。手杖幾乎沒到了杖柄，水也差點濕了我的手套。鐵頭觸到了前甲板。不，並非觸到前甲板。我先是將手杖伸進了一個無底的深淵，在沿著冰窟窿的邊緣向旁邊探索時，突然遇到了水下的障礙。我感覺到鐵器與鐵器的碰擊：這裡正好是前艙那個沒有蓋子、敞開著的艙口。倘若將兩個盤子重疊在一起，艙口就像那個下面的盤子，正好位於冰窟窿的下方。騙人！沒有這麼精確，也不可能這麼精確。不是艙口大一點兒，就是冰窟窿大一點兒。當然，艙口的的確確是在冰窟窿的正下方。我不由得爲約阿希姆・馬爾克感到自豪，心裡甜絲絲的，像是嚼著一顆牛奶糖。我眞想把自己的手錶送給你。

那塊圓形的冰塊準有四十公分厚，平躺在窟窿的旁邊，我在上面足足坐了十分鐘。在冰塊下方約三分之二厚的地方，還有前一天留下來的一圈淡黃色的尿跡。我們幫了他的忙。當然，馬爾克一個人也可以鑿出這個窟窿。要是沒有觀衆，他也能嗎？他是不是有一些只想留給自己看的東西呢？要是我再不讚賞你的話，那麼，就連海鷗也不會飛到前艙上空，欣賞你鑿出來的這個冰窟窿。

他始終擁有觀衆。哪怕是單獨一人在冰封的沉船上開鑿那道圓形的冰縫，聖母瑪利亞也始終沒有離開他的身前身後。她注視著他的斧頭，爲他感到歡欣鼓舞。我現在這麼說，教會怕是不會贊同我的。然而，即使教會沒有權利將聖母瑪利亞視爲馬爾克表演節目時的堅定不移的觀衆，那麼，教會自己畢竟一直全神貫注地觀察著他。我對此了解得一清二楚，因爲我當過彌撒助手，先是在聖心教堂，輔助維恩克司鐸，然後又在聖母院輔助古塞夫斯基司鐸。當我多半由於年齡增長而對聖壇的魔力失去信念之後，我仍然前去幫忙。這件事爲我帶來了樂趣。我總是盡心盡力，不像平時做事那樣拖泥帶水。我當初不清楚，至今仍然不清楚，在儀式前後或者在存放聖餅的神龕裡是否眞有什麼……不管怎樣，當我作爲兩個輔彌撒助手中的一個站在古塞夫斯基司鐸旁邊時，他總是很高興的。因爲，我從來不在祭獻和變體⑦之間交換香菸廣告圖片——這在其他彌撒助手當中十分流行——從來不耽誤搖鈴⑧，從來不拿彌撒儀式上的葡萄酒去做生意。其他那些輔彌撒助手是些極其惡劣的傢伙，他們不僅在聖壇的臺階上傳看一些男孩子愛玩的東西，用硬幣或損壞的滾珠打賭，而且還在神父做彌撒前的祈禱時相互考問一些有關已經沉沒或尚未沉沒的軍艦的技術細節。他們要麼根本就不朗誦祈禱文，要麼就在兩句拉丁文之間進行一次問答。「我進到上帝的祭壇前……『埃里特雷阿』號巡洋艦是哪一年下水的？……一九三六年。它有什麼特點？……到了歡悅我的青春的上帝前……它是義大利派往東非的唯一巡洋艦。排水量？……上帝是我的力量……兩千一百七十二噸。航速？……我進到上帝的祭壇前……不知道。武器裝備？……有如當初那樣……六門一百五十公釐火砲，四門七十六公釐火砲……不對！……現在和將來……完全正確。德國的兩艘砲兵訓練艦叫什麼？……直至永遠，阿門……『布魯梅爾』號和『布萊姆塞』號⑨。」

後來，我不再定期去聖母院輔彌撒了，只有古塞夫斯基司鐸派人來請才去。他的那些彌撒助手經常爲禮拜天的越野行軍⑩，或爲「冬令賑濟會」募捐而將他棄置不顧。

上面說的這些話只是爲了描述一番我在中央聖壇前面的位置。當馬爾克跪在聖母祭壇前面時，我從中央聖壇可以看見他。他居然會祈禱！他的眼睛像小公牛似的，目光越發呆滯，嘴角不停地抽動，好似要吐出一腔幽怨。被拋上沙灘的魚兒一次又一次徒勞地鼓鰓換氣。這情景也許可以說明馬爾克的祈禱到了何等忘我的地步：當古塞夫斯基司鐸和我走遍了所有領聖餐者的長凳，來到馬爾克面前時，他和往常一樣心虔志誠地跪在聖壇的左側，圍巾和那枚碩大的別針垂在胸前。他眼神凝滯，留著中分頭的腦袋朝後仰著，舌頭伸在外面，這樣一來那隻活潑的老鼠就露了出來，我甚至可以用手把它逮住。這隻小動物在毫無保護的情況下竄上竄下。約阿希姆·馬爾克或許也已經察覺，他的那個引人注目的東西露在外面，不停地抽搐。他誇張地做出吞嚥東西的動作，大概想藉此把站在一側的聖母瑪利亞的那雙玻璃珠眼睛吸引過去。我不能夠也不願意相信，你曾經在沒有任何觀眾的情況下做過任何一件微乎其微的小事。

①即一九四一年至一九四二年冬天。
②艾興多爾夫（一七八八～一八五七），德國浪漫主義詩人和小說家。這兩句詩是他的《但澤》（一八四二）一詩的開頭兩句。
③世界性的祕密組織，起源於中世紀石匠與建築工匠行會團體。一九三三年納粹上臺以後，共濟會被宣布為非法組織予以取締。
④位於但澤以東三十六公里的小鎮，第二次世界大戰期間設有一個集中營。
⑤在小說《狗年月》裡，主人翁哈里·利貝瑙描述了施圖特霍夫集中營。

⑥格洛克（一八八〇～一九五九），原名阿德里安・韋塔赫，瑞士著名丑角演員。

⑦祭獻與變體均為天主教會使用的神學名稱。

⑧天主教儀式通常是用拉丁文，為了顧及一些不懂拉丁文的信徒，彌撒助手常在神父講到一些重要事項時搖一下鈴。

⑨這一段中加黑點的字原文為拉丁文。

⑩納粹青年組織的一種準軍事訓練。

第五章

我從未見過他在聖母院裡戴流蘇。當學生剛剛開始時興這種羊毛小球的時候，他就很少再戴它了。有幾次，我們三個人課間休息時站在校園裡的那幾棵栗子樹下，海闊天空地瞎聊，還不時地提到這個羊毛的玩意兒。馬爾克先將流蘇從脖子上取了下來，但是當第二遍休息鈴響過之後，他又猶猶豫豫地把它重新繫上了，因爲沒有更好的替代物。

一天，我們學校的一個畢業生首次從前線回到母校。他在途中拜謁「元首大本營」①；於是脖子上掛了那枚令人夢寐以求的「糖塊」②。當時，我們正在上課，一陣不尋常的鈴聲把我們喚進禮堂。禮堂的主席臺上出現了一個年輕人。他沒有站在講臺的後面，而是站在它的旁邊，脖子上掛著那枚「糖塊」，身後是三扇高大的窗戶和幾盆大葉子的綠色植物。學校的全體教師在他的後面圍成一個半圓形。那張淡紅色的小嘴衝著我們腦袋的上方一個勁兒地說。他還不時地做出一些解釋性的動作。約阿希姆·馬爾克坐在我和席林的前面一排。我看見，他的耳朵先是變得蒼白，繼而又變得通紅，腰板兒直直地靠著椅背，兩隻手一左一右地摸了摸脖子，又掐掐咽喉，最後將一樣東西扔到了長椅下面。我想，那準是流蘇——紅綠相間的羊毛小球。起初，這位當上了空軍少尉的年輕人說話聲音很低，而且有些結結巴巴，口舌笨拙得可愛，有好幾次還羞得面紅耳赤。他的講話沒能立刻產生鼓動人心的效果：「……你們別以爲這和狩獵兔子是同一碼事。你往往兜上一圈，結果什麼也沒發現，甚至連續幾週都無戰事。可是我們來到海峽③之濱——我想，倘若這兒再無戰事，別的地方就更談不上了——終於如願以償。第一次行動我們就遇上一支戰鬥機編隊。我先來了一個『旋轉木馬』，就是一會兒鑽到雲層上面，一會兒鑽到雲層下面，我的曲線飛行簡直無可挑剔。我把飛機拉了起來，因爲三架噴火式飛機④在我的下方盤旋，互相掩護。我想，假如幹不掉它們，豈不讓人恥笑。我從上面垂直俯衝下去，瞄準一架敵機，即刻，它的尾部拖起了濃煙。隨後，我及時調整左側機翼使座機保持平衡，同時用瞄準器鎖定迎面飛來的第二架噴火式飛機，對準它的螺旋槳輪心：不是你死就是我亡。你們瞧，還是它一頭栽進了大海。我心想，既然已經幹掉了兩架，那麼只要有足夠的油，就應該再去試試第三架、第四架。這時，七架被打散的敵機從我的下方飛過。可愛的太陽始終在我的背後。我揪住其中一架，讓它受到了應得的祝福，我又故技重施，也成功了，這第三架敵機幾乎撞上我的砲口，我趕緊把飛機拉起來，一直將操縱桿拉到了擋板。敵機從我的下面呼嘯而過，我一定得把它幹掉。我本能地在它的後面窮追不捨。我被它甩了，便鑽入雲層，又追了上去，用力踩住機關砲按鈕：它終於打著轉栽進了大海，我也差一點兒下海洗澡。眞不知道，我當時是怎樣把飛機拉起來的。當我顫顫悠悠地飛回基地時，起落架卻怎麼也放不下來，我被困在空中了。你們肯定也知道，或許還在《每週新聞》⑤裡見過，如果飛機上掉了什麼東西，機翼就會搖搖晃晃。因此，我當時不得不首次嘗試機腹著陸。後來，在軍官食堂我才得知，我無可爭辯地擊落了六架敵機——交戰的時候因爲過於激動自然顧不上一一細數。這時候我當然十分高興。約莫四點，我們又一次起飛。總而言之，一切就跟我們從前在這裡玩手球差不多。當時學校還沒有運動場，我們只能利用課間休息時在校園裡玩。馬倫勃蘭特老師恐怕還記得，我要麼不進球，要麼就連進九個。那天也是如此，除了上午擊落的六架以外，下午又添了三架，這是我擊落的第九架至第十七架敵機。半年以後，我積滿了四十架，受到了上級的表彰⑥。在去『元首大本營』的時候，我的機翼上已經標上了第四十四個記號。在英吉利海峽，我們這些飛行員幾乎整天都沒離開飛機，就連地勤人員檢查飛機時我們也待在駕駛艙裡。並非每個人都能挺得下來。爲了調劑一下，我們也想辦法自尋其樂。每個軍用機場都有一隻牧羊狗。有一天，天氣非常好，我們將那隻叫做『阿萊克斯』的牧羊狗……」

那個榮獲勳章的少尉就這樣講了許多，在敍述兩次空戰之間，他還插入「阿萊克斯」牧羊狗學跳傘的故事和一個一等兵的趣聞：每次發出警報之後，這個一等兵總是最後一個爬出被窩，經常不得不穿著睡衣睡褲駕機執行任務。

聽到這裡，學生們笑了起來，尤其是高年級的學生，一些教師也忍俊不住，少尉的臉上露出了笑容。一九三六年，他畢業於我們學校，一九四三年在魯爾區上空被擊落。他的頭髮是深褐色的，中間沒有分道，平整地向後梳著。他個頭不太高，四肢纖細，看上去更像是一名在夜總會端菜斟酒的侍者。他說起話來總愛將一隻手揷在口袋裡，一旦講起空戰，就立刻把手從口袋抽出來，兩隻手比畫著，以便說得更加生動。他能夠細膩而富於變化地掌握這種用手來表演的遊戲。他把手從肩膀下伸出來，表現偷襲時的曲線飛行，這樣可以省去很多解釋性的話，必要時他只用一詞半句加以提示。假如引擎出了毛病，他就提高嗓門，發出嘟嘟嘟的怪叫，模仿飛機起飛，然後降落在大禮堂裡。人們完全可以想像，他在基地的軍官食堂也一定表演過這個節目，因爲軍官食堂這幾個字眼在他的嘴裡占有重要的位置。「我們大夥兒心平氣和地坐在軍官食堂裡……我剛想進軍官食堂，因爲……在我們的軍官食堂還掛著……」除了他那雙演員的手和模仿逼眞的引擎噪音以外，他的報告也頗爲風趣。他懂得如何拿一些老師開玩笑，他們的綽號從他在校的時候一直保持到我們上學的時候。當然，他的玩笑都是善意的。他有些淘氣，挺會向女人獻殷勤，即使他曾經完成過一些非常艱巨的任務，也毫不誇大其詞。他從來不提個人的成績，總是說他是幸運的：「我是一個幸運兒，在學校就是如此，我至今仍然記得好幾張升級證書……」一個中學生常開的玩笑使他聯想到三個已經陣亡的同班同學，他說他們並不是白白地送了命。他在演講結束前都沒有說出這三位陣亡者的姓名，而是坦率地道出了一段自白：「小伙子們，坦白地說，在遠方打仗的人都很願意經常回顧自己的學生時代！」

我們掌聲雷動，久久不息，大聲歡呼，頓足喝彩。我的巴掌都拍疼了，變得有些僵硬。我發現，馬爾克矜持地坐在那裡，沒有朝著講臺鼓掌。

在陣陣掌聲中，克洛澤校長在主席臺上醒目地用勁握了握他從前學生的雙手，然後又讚賞地扳住他的肩膀。突然，他鬆開身材瘦小的少尉，走到講臺的後面。與此同時，少尉也回到自己的座位。

校長的講話很長。沈悶無聊的空氣從繁茂的盆栽植物一直延伸到禮堂後牆上面的那幅油畫，這是學校的創辦人封・康拉迪男爵⑦的畫像。少尉夾在參議教師布魯尼斯和馬倫勃蘭特之間，老是埋頭盯著自己的指甲。克洛澤在上數學課時總是呼出一股清涼的薄荷味，它甚至大大沖淡了學術氣氛，然而，在偌大的禮堂裡那種氣味卻難成氣候。他的講話充其量只能從主席臺傳到禮堂的中央：「凡是上我們這兒來的人……在這一時刻……漫遊者，你到……然而故鄉此次將……我們絕不願意……靈活、柔韌、堅硬⑧……整潔……再說一遍……整潔……誰要是不這樣……在這一時刻……保持整潔……用席勒的話作爲結束……不拿你們的生命作代價，你們的生命將一文不值⑨……現在全體回去上課！」

我們獲釋了，像旋風似的湧向禮堂狹窄的出口，聚成了兩堆。我跟在馬爾克的後面向前擠。他冒汗了，抹了糖水的頭髮黏在頭皮上，中間的髮路全都亂了。即使在體育館裡，我也從未看見馬爾克出過汗。臭烘烘的三百名學生像瓶塞似的堵在禮堂的出口。馬爾克的頸斜方肌，即從第七節頸椎伸展到凸出的後腦勺的兩條肌束，微微發紅，滿是汗珠。來到兩扇大門前的柱廊上，在開始玩起捉人遊戲的一年級學生的喧嘩聲中，我追上了他，劈頭問道：「你覺得怎麼樣？」

馬爾克兩眼望著前方。我竭力不去看他的脖子。兩根廊柱之間放著一尊萊辛的石膏胸像。然而，勝利者仍是馬爾克的脖子。他的聲音平靜又憂傷，像是要述說他姨媽的慢性病：「他們現在要想得到那玩意兒，必須打下四十架。最初，在法國和北方，只要打下二十架就行了。如果照這樣下去會怎麼樣呢？」

少尉的演講大概不合你的口味吧，否則你怎麼會去選擇那種廉價的代用品？當時，在文具店和服裝店的櫥窗裡擺著許多圓形的、橢圓形的、上面帶孔的螢光徽章和螢光鈕扣⑩，有一些造型酷似小魚或飛翔的海鷗，在黑暗中閃爍著綠中透白的螢光。戴這種徽章的絕大多數都是上了歲數的老年人和體弱多病的婦女，他們擔心在黑黝黝的大街上與人相撞，便將徽章別在外套的翻領上。當時還有一種塗著螢光條紋的散步手杖。

你雖然不受戰時燈火管制的影響，但也有五、六枚徽章。它們像一群閃閃發亮的小魚，像一隊振翅翱翔的海鷗，像幾束螢光閃耀的花朵，最初別在外套翻領上，後來又別到圍巾上。你還要你姨媽在你的外套上從上到下縫了半打螢光鈕扣，把自己變成了一個丑角演員。我過去、現在和將來總是看見你穿著這身打扮走來走去。冬天的黃昏，暮色蒼茫，你莊重而緩慢地穿過紛紛揚揚的大雪或天地一色的黑暗，先是自南向北，再沿著熊街往南，你的外套上面綴著一個、兩個、三個、四個、五個、六個閃著綠光的鈕扣。這是一個可憐的幽靈，充其量只能唬住孩子和老奶奶，它試圖用幻術藏起那具在漆黑夜色掩蓋之下的軀體。你也許在想：任何一種黑色染料也不可能吞沒這種發育成熟的果實。每個人都可以看見它，料想到它，感覺到它，甚至想去抓住它，因爲它唾手可得。但願這個冬天趕快過去吧！我眞想再次潛下水去。

①希特勒在德國各地共有九個「元首大本營」，他經常在「元首大本營」向有功將士授勳。
②人們戲謔地把圓形的納粹黨黨徽稱為「糖塊」，這裡指鐵十字勳章。
③指英吉利海峽。
④噴火式飛機，英國在第二次世界大戰中使用的戰鬥機。
⑤德國當時的一種新聞紀錄片。
⑥按照當時的規定，擊落四十架敵機的飛行員可以獲得一枚騎士十字勳章。
⑦康拉迪男爵（一七四二～一七九八），出身於但澤一個望族之家，一七九四年立下遺囑，將十一座莊園和二分之一的現款用於創辦兩所國民小學和一所男子中學。
⑧希特勒提出，德國青年應該「像獵犬一樣靈活，像皮革一樣柔韌，像克虜伯鋼鐵一樣堅硬」。
⑨席勒詩句，見《華倫斯坦》第一部《華倫斯坦的軍營》第十一場。
⑩戰爭時期，夜間經常實行燈火管制，戴上這種螢光徽章和鈕扣可以防止相撞。

第六章

然而，當有草莓和特別新聞①的夏天到來時，儘管氣候適宜游泳，馬爾克卻不想游了。六月中旬，我們第一次游向沉船。大夥兒興致不高。低年級的學生眞讓人感到厭煩。他們在我們前面或和我們一道游到沉船，成群結隊地聚集在艦橋上，潛到水下摸上來最後一條可以旋下來的鉸鏈。曾經哀求「讓我一起游吧，我現在會游了」的馬爾克，現在卻受到席林、溫特爾和我的糾纏：「一塊兒去吧。你要是不去就沒勁兒了。咱們可以在沉船上曬太陽，或許你還能在水下再找到什麼寶貝。」

馬爾克拒絕了幾次，最後雖說很不情願，但還是跳進了海灘與第一片沙洲之間那又熱又渾的海水。他沒有帶螺絲起子，游在我們之間，落後霍滕・索恩塔克大約兩臂的距離。他頭一次這樣安安靜靜地在水裡游著，既沒有用兩手亂划，也沒有用嘴噴水。他上了艦橋就一屁股坐到羅盤室後面的陰影裡，無論誰勸也不肯潛水。當一些低年級的男生潛入前艙，然後抓著一些小玩意兒浮出水面時，他甚至連脖子都沒有轉一下。在這一方面，馬爾克完全可以當這幫小子們的老師。有些人想求他指點指點，可是他幾乎毫不理睬。馬爾克瞇著眼睛，一直注視著導航浮標方向開闊的海面，無論是進港的貨輪或出港的快艇，還是編隊航行的魚雷艇，都無法分散他的注意力，只有潛艇才能使他間或移動一下身體。遠處時常浮起一艘潛艇，伸出水面的潛望鏡劃出了一道清晰的水花。這些由席紹造船廠成批製造的七百五十噸級的潛艇，正在海灣和赫拉半島後面試航。它們從主航道的深水區鑽出水面，駛入港口，驅散了我們的無聊。潛水艇浮出水面的情景煞是好看：潛望鏡首先出水，指揮塔剛一冒出水面，就鑽出一兩個人來。白色的海水像一條條小溪從砲臺、前艙和艇尾流淌下來，所有的艙口都打開了，爬出來許多水兵。我們大聲喊叫，揮手致意。我不敢肯定，潛艇那邊是否也有人向我們揮手致意，雖然我把揮手分解成若干細節動作，並且繃緊關節又揮了一遍。不管是否有人向我們揮手，每一艘潛艇的出現都使我們心情激動得難以平復。唯獨馬爾克沒有揮手致意。

……有一次，馬爾克迫不得已地從羅盤室的陰影裡走了出來——那是六月底，在放暑假和海軍上尉在我們學校禮堂做演講之前——因爲當時有一個低年級男生不想從掃雷艇的前艙裡出來。馬爾克鑽進前艙，把這個男生拖了上來，原來他在沉船中央——輪機艙的前面——被夾住了。馬爾克在蓋板下面的管道和電纜之間找到了他。席林和霍滕·索恩塔克按照馬爾克的指示交替地忙了兩個鐘頭，那個低年級男生終於慢慢地恢復了血色。但是，他在回去的路上仍然只能由別人拖著游。

第二天，馬爾克又開始像過去那樣著了迷似地一次次潛水，但是他沒有帶螺絲起子。在游向沉船的途中，他又恢復了過去那種速度，把我們全甩在身後。當我們爬上艦橋時，他已經潛下去過一次了。

冬季的冰凍和二月的狂風破壞了沉船上最後一段舷欄杆，兩個機槍轉盤和羅盤室的頂蓋也被掀掉了，只有又乾又硬的海鷗糞安然無恙地度過了冬天，甚至有增無減。馬爾克什麼也沒有撈上來。當我們向他提出新的問題時，他也不做任何回答。傍晚時分，他已經潛下去過十至十二次；我們活動一下四肢，準備返回，他卻在水下沒有上來，這下可把我們忙壞了。

假如我現在說等了五分鐘，那等於什麼也沒說。在這長似幾年的五分鐘裡，我們一直都在嚥口水，直到舌苔在乾燥的口腔裡變乾、變厚。此後，我們一個接一個地鑽進沉船。前艙除了鯡魚什麼都沒有。我跟在霍滕·索恩塔克的後面戰戰兢兢地第一次潛過間壁，草草地檢查了一下軍官餐廳，就不得不趕緊上去。我從艙口鑽出來時，肚子都快憋炸了。隨後，我又潛了下去，兩次穿過間壁。半個多鐘頭之後，我才停止潛水。我們六、七個人像洩了氣的皮球躺在艦橋上，呼哧呼哧地喘氣。海鷗盤旋的圈子越縮越小，牠們一定是發現了什麼。幸虧這會兒沉船上沒有低年級的學生。大家要麼沉默不語，要麼七嘴八舌。海鷗飛來飛去。我們商量如何向浴場管理員以及馬爾克的母親和姨媽交代，當然還有克洛澤，因爲回到學校也少不了會受到盤問。他們把去東街的任務推給了我，因爲我差不多可以算是馬爾克的鄰居。席林被指派在浴場管理員面前和在學校裡充當發言人的角色。

「要是他們也找不到他，我們就得帶著花圈游到這兒來舉行一次追悼會。」

「咱們現在來湊錢吧。每個人至少出五十芬尼。」

「要麼將花圈從甲板上拋入海裡，要麼就讓它沉入前艙。」

「我們還要唱上一曲。」庫普卡說。在他的建議之後響起了一陣甕聲甕氣的笑聲，然而，這笑聲並不是從我們之中發出的，而是從艦橋內部傳出來的。我們面面相覷，等待著第二陣笑聲。這時，從前艙傳來正常的、不再是甕聲甕氣的笑聲。馬爾克那個從中間分道的腦袋從艙口冒了上來，滴滴答答地流著水。他不很吃力地喘著氣，按摩了一下脖子和肩上新添的曬斑，格格地笑著，用一種與其說譏諷倒不如說是善意的口吻說道：「喂，你們已經商量好悼詞了，準備宣布我失蹤是嗎？」

在我們游回去之前——溫特爾在這件令人不安的事之後不久就渾身痙攣，號叫不止，需要別人勸慰——馬爾克再一次鑽入沉船。一刻鐘之後——溫特爾仍在呻吟——馬爾克回到了艦橋上，兩隻耳朵上架著報務員戴的那種耳機。從外表上看來，這副耳機完好無損，甚至沒有被水泡過。原來，馬爾克在沉船中央發現了一個船艙的入口，這是掃雷艇的報務艙，位於艦橋的內部，正好高出水面。他說，報務艙雖說有點潮濕，但地板上一點兒水也沒有。他後來承認，他在管道和電纜之間解救那個低年級男生時，就已經發現了報務艙的入口。「我已經把入口重新偽裝好了。那幫豬玀誰也甭想發現。這可不是一件輕鬆的工作。告訴你們吧，這個小屋現在歸我所有。那裡可舒服啦，假如遇上什麼麻煩，可以躲到裡面去。那裡還有一大堆儀器設備，如發報機啦什麼的，完全可以重新使用。有機會我一定試一試。」

然而，馬爾克到底是沒能完成這項計畫，他或許連試也沒試過；即使他偷偷地在下面試過，大概也沒能成功。雖然他善於手工製作，知道許多製作模型的竅門，但是他的計畫從未有過一個固定的技術程序。再說，倘若馬爾克真的把發報機搞好，將信號發往天空，港警和海軍肯定已經把我們全逮起來了。

後來他將報務艙裡的儀器設備統統弄了上來，分別送給庫普卡、埃施和那些低年級男生。他自己只留下那副耳機，架在耳朵上戴了整整一個星期。當他有計畫地開始重新布置報務艙時，便將它扔到海裡去了。

他用幾條舊羊毛毯包了一些書籍——我現在已想不起來那是些什麼書了，好像其中有描寫某一次海戰的長篇小說《對馬島》②和德溫格爾③的兩卷文選，另外還有一些宗教方面的書籍——羊毛毯的外面又裹上一層防水布，用瀝青、焦油或蠟把縫隙塗抹起來，然後裝上一只輕便木筏。他在水裡把木筏推到沉船跟前，我們也幫他推了一會兒。據說，他成功地將書籍和羊毛毯弄進了報務艙，幾乎沒沾一滴水。他運送的第二批東西有蠟燭、酒精燈、燃料、鋁鍋、茶葉、麥片，以及曬乾的蔬菜。他經常在裡面一待就是一個多鐘頭。當我們用力敲甲板把他叫上來之後，他從不回答任何問題。我們當然是很佩服他的，但是馬爾克對此幾乎毫不在意。他的話越來越少，後來也不讓別人幫他運東西了。他當著我們的面，把那張我在東街他的房裡見過的西斯汀聖母彩色膠印畫捲了起來，塞進一根掛窗簾用的銅管，然後用膠泥將兩頭堵死。他先把裝在銅管裡的聖母像帶上沉船，然後又弄進報務艙。這時我才恍然大悟，他如此賣力地把報務艙布置得舒舒服服究竟是爲了誰。

當他潛在水裡的時候，那張膠印畫恐怕並非毫無損傷，紙張在潮濕、或許還有些滲水的報務艙裡顯然也受到損害，因爲那裡沒有舷窗，也沒有與現已被海水淹沒的通風管接通，所以不可能有充足的新鮮空氣。馬爾克把彩色膠印畫弄進報務艙之後不久，又在脖子上掛起了一樣東西：不是螺絲起子，而是那枚鑄有所謂琴斯托霍瓦聖母浮雕的青銅獎章。它有一個可供懸掛的小環，用黑鞋帶繫掛在鎖骨的下方。我們不禁意味深長地揚起了眉毛，心想，他現在又開始對聖母像感興趣了。我們剛剛抖掉身上的水珠，在艦橋上蹲下，馬爾克就鑽進了前艙。大約一刻鐘之後，他重新回到我們身邊時，脖子上已經沒有了鞋帶和獎章。他蹲在羅盤室的後面，顯得心滿意足。

他吹著口哨。這是我第一次聽見馬爾克吹口哨。當然，他並不是第一次吹口哨，只不過是我第一次注意到他在吹口哨罷了。他眞的第一次把嘴噘了起來。但是只有我——沉船上除了他之外唯一的天主教徒——跟著吹起了口哨。他吹了一曲又一曲《聖母頌》，身子倚著殘破的舷欄杆，逍遙自在地用懸空的雙腳在艦橋的舊鐵板上打著拍子，然後隨著低沉的轟隆聲毫不停頓地背誦整段的《聖靈降臨節讚美詩》：「聖靈，降臨吧！」正像我所期待的那樣，他接著又背起了《棕枝主日前星期五讚美詩》。所有十節詩句他都背得滾瓜爛熟，從「母親兩眼噙淚站在……」一直背到「……天堂的光耀，阿門」。我這個最初非常熱心後來仍時常爲古塞夫斯基司鐸輔彌撒的人，充其量也只能背出開頭的幾節。

他毫不費力地將一串串拉丁文拋向空中的海鷗。其餘的人——席林、庫普卡、埃施和霍滕．索恩塔克，此外還有誰在場呢？——腰板挺得直直地注意聽著，不時地說道：「好傢伙！好傢伙！」或者：「眞讓人難以置信！」這幾個傢伙再三懇求馬爾克重複一遍《母親兩眼噙淚》，儘管沒有任何東西比拉丁文和宗教經文距離他們更遠。

我以爲，你並沒有打算將報務艙變成一個小小的聖母院。運到下面去的大部分東西與聖母瑪利亞並無任何關係。雖然我從未參觀過你的這個小屋——我們根本不可能潛到那裡——卻一直把它想像成是你東街閣樓臥室的縮影。只有那些被你姨媽——常常違背你的意願——放到窗臺和多層仙人掌支架上的天竺葵和仙人掌，在報務艙裡沒有找到安身之處。除此之外，整個遷居過程無可挑剔。

在搬完書籍和炊事用具之後，輪到了馬爾克的艦艇模型——「蟋蟀」號通信艦和「沃爾夫」級魚雷艇，比例均爲一比一千二百五十——遷居到甲板下面。他同時還強迫墨水、蘸水筆、直尺、學生圓規、蝴蝶標本集以及雪梟標本一起潛入水裡。我現在設想，馬爾克的家當在這個蒙著一層水汽的艙房裡漸漸地失去了美麗的外表。那些裝在蒙著玻璃紙的雪茄菸盒裡的蝴蝶肯定備受潮濕之苦，它們僅僅習慣於閣樓小屋裡的乾燥空氣。

但是，我們所欽佩的正是這次歷時數日的遷居遊戲的毫無意義和故意破壞。約阿希姆・馬爾克把他在前兩個夏天辛辛苦苦從波蘭掃雷艇上撬下來的零件，一樣一樣重新送了回去，將精美的老畢蘇斯基勳章和那些介紹操作規程的小牌子轉移到水下。他的努力使我們在這條沉船上——這艘艦艇僅服役了四個星期④——又度過了一個有趣而緊張的夏天，儘管那些低年級的男生傻里傻氣，實在令人厭煩。

還有一件事得提一下：馬爾克用留聲機爲我們播放音樂。那臺留聲機就是在一九四〇年夏天，我們和他一起大約疏通了六、七次通往船上的道路之後，他從前艙或軍官餐廳辛辛苦苦、一點一點挪上來的。他在自己的屋裡把它修好，並且換上了鋪著氈墊的新轉盤，裝備了差不多一打的唱片。留聲機是他搬到甲板下的最後一件物品。在兩天的工作中，他總是把搖手柄用那條久經考驗的鞋帶繫掛在脖子上，一刻也不肯摘下來。

留聲機和唱片肯定完好無損地完成了穿越前艙、中部各艙的間壁以及向上進入報務艙的旅行，因爲就在馬爾克結束這次分階段的運輸工作的當天下午，他就用舒緩低沉、餘音繚繞的音樂使我們大吃一驚。音樂忽而從這兒、忽而從那兒傳來，但始終發自沉船的心臟深處。它簡直可以使鉚釘和鑲板鬆動脫落，讓我們身上生出鷄皮疙瘩，儘管開始西斜的太陽仍然掛在艦橋的上方。我們呼哧呼哧地高喊：「停一下！繼續放！再換一張！」我們聽了一曲約莫嚼完一片口香糖長短的、著名的《聖母頌》，它竟使波濤洶湧的大海平靜下來。沒有聖母瑪利亞，他絕不會這麼做的。

接下來是詠嘆調、歌劇序曲——我是否說過，馬爾克尤其偏愛嚴肅音樂？——我們至少又聽了幾段激動人心的《托斯卡》⑤、幾段洪佩爾丁克⑥的童話歌劇和一段「達達達，達……」的交響曲⑦，這些我們早已從願望音樂會⑧中熟悉的曲子都從沉船裡面傳了出來。

席林和庫普卡高喊來點兒爵士樂，可是馬爾克並沒有這類唱片。當下面放起查拉⑨的唱片時，給我們留下了極爲難忘的印象。查拉的歌聲從水下傳來，我們平躺在鐵鏽和拱起的海鷗糞上面。我已經記不清她當時都唱了些什麼，都是同樣的調調。她唱的是一齣歌劇裡的一段，我們聽出這是影片《故鄉》⑩的插曲：「啊，我失去了她！」她又唱道：「風兒爲我唱一支歌⑪。」她預言道：「我知道總有一天會出現奇蹟⑫。」她擅長彈風琴，能用歌聲呼風喚雨。她讓我們度過了一段心曠神怡的時光：溫特爾噝著口水，張大嘴巴號叫；其他人則不由自主地眨巴著眼睛。

還有海鷗。牠們仍然莫名其妙地尖叫不止。當下面的留聲機播放查拉的歌曲時，牠們叫得更歡了。刺耳的叫聲簡直可以震裂窗玻璃，彷彿是一群已故的男高音的魂靈在呼號。海鷗的叫聲飄蕩在雖可模仿但卻一直無人模仿的、發自地窖深處的嗡嗡歌聲上方，這是一個戰爭年月裡在前線和家鄉都備受喜愛、頗有天賦的女演員的動人歌聲。

馬爾克多次爲我們舉辦這種音樂會，直到那些唱片磨損得差不多了，發出嘎吱嘎吱的聲音，才從留聲機上取下來。迄今，任何音樂都不曾使我獲得更大的享受，儘管我幾乎不曾錯過任何一場在羅伯特・舒曼音樂廳⑬舉行的音樂會。每次只要手頭寬裕一些，我總要去買上幾張慢轉密紋唱片，從蒙特威爾第⑭一直到巴爾托克⑮。我們安安靜靜、永不知足地蹲在留聲機的上方專心傾聽，我們把它稱作「腹語術師」⑯我們誰也想不出新的恭維話，儘管大家都很欽佩馬爾克。在呼嘯的海風中，我們的欽佩卻發生了突變：我們覺得他令人反感，紛紛調轉了目光。後來，當一艘吃水很深的貨輪駛入港口時，我們才多多少少對他抱以同情。我們也害怕馬爾克，因爲他牢牢地控制著我們，在大街上讓人看見和馬爾克在一起，我會感到羞愧。然而，假如霍滕・索恩塔克的妹妹或圖拉在文藝演出之前或者在軍隊牧場大街遇到我和你在一起，我則會感到非常自豪。你是我們的主要話題。我們曾經打過賭：「他這會兒在幹什麼？我敢說，他肯定又犯了喉嚨痛！我敢同任何人打賭：他將來要麼上吊，要麼非常出名，要麼就發明什麼了不起的東西。」

席林對霍滕・索恩塔克說：「你老實說，假如你妹妹和馬爾克一起外出，去看電影呀什麼的，你會怎麼樣……得講老實話！」

---

①戰爭期間，德國最高統帥部經常通過廣播電臺的特別新聞發布戰況。
②《對馬島》，全名為《對馬島——關於一次海戰的長篇小說》（一九三六），作者是德國作家弗蘭克・蒂斯（一八九〇～一九七七）。

③德溫格爾，德國作家，納粹上臺後曾任德國文化專員。
④從一九三九年九月一日德國進攻波蘭，到十月二日波蘭進行抵抗的最後一個城市格丁根投降。
⑤《托斯卡》（一九〇〇）是義大利著名作曲家吉阿科普・普契尼（一八五八～一九二四）的一齣歌劇。
⑥洪佩爾丁克（一八五四～一九二一），德國作曲家，主要創作童話題材的歌劇，代表作有《漢澤爾和格蕾泰爾》、《國王和孩子們》等。
⑦指貝多芬的《第五號交響曲》，即《命運》。
⑧指廣播電臺播放的聽眾點播音樂節目。
⑨查拉・麗恩德爾，瑞典電影女明星和歌星，多次應德國烏發電影公司之聘拍攝政治宣傳內容的影片。
⑩《故鄉》（一九三八）是查拉主演的影片，根據德國作曲家格魯克（一七一四～一七八七）的歌劇《奧菲歐與尤麗爾西》（一七六二）改編。
⑪查拉主演的影片《哈巴涅拉舞》（一九三七）的插曲。
⑫查拉主演的影片《偉大的愛情》（一九四二）的插曲。
⑬即杜塞爾多夫音樂廳，因德國著名作曲家羅伯特・舒曼（一八一〇～一八五六）曾在此擔任過經理而得名。
⑭蒙特威爾第（一五六七～一六四三），義大利作曲家。
⑮巴爾托克（一八八一～一九四五），匈牙利作曲家。
⑯腹語說話是一種不動嘴唇說話的技巧，聽起來聲音像是從腹內發出的。擅長這種技巧的人被戲稱為腹語術師。

第七章

那個海軍上尉、被授勳的潛艇艇長在我們學校禮堂的出現，結束了波蘭掃雷艇「雲雀」號內艙裡舉行的音樂會。即使他沒有出現，唱片和留聲機至多也只能再響四天。但是，他畢竟出現了。他不必拜訪我們的沉船，就中斷了水下音樂會，爲所有關於馬爾克的談話提供了一個新的——即使不是全新的——方向。

海軍上尉大概是一九三四年畢業於我校。人們在背地裡說，他在自願報名當海軍之前曾經在大學讀過一點兒神學和日耳曼語言文學。我現在沒有迴避的可能，必須說，他的目光閃爍著熱情。鬈曲的頭髮又密又硬，像古羅馬人那樣一律梳向一邊。沒有潛艇水兵通常留的那種鬍鬚，眉毛像屋脊似的向前突出。前額介於哲學家的前額與冥想家的前額之間，因此沒有抬頭紋，從耳根向上有兩道垂直的印痕，像是要去尋找上帝。這是日光作用在這張線條分明的圓臉最外側的結果。鼻子小巧，輪廓清晰。衝著我們張開的嘴巴略微凸起，是一張能言善道的嘴巴。禮堂座無虛席，上午的陽光斜射進來。我們蹲在窗龕裡面。不知是誰的主意，古德倫中學兩個最高的班級也應邀來聽這張能言善道的嘴巴所做的演講。女孩們坐在最前面的幾排長凳上。她們本該戴上胸罩，但卻沒有任何人戴。學校行政人員通知我們去聽演講，馬爾克先是不願參加。我憑藉自己的有利地位，終於把他拉去了。在海軍上尉張開那張能言善道的嘴巴之前，馬爾克緊靠著我，蹲在窗龕裡渾身直打哆嗦。在我們和窗玻璃後面就是校園，那幾棵栗子樹紋絲不動。馬爾克把雙手夾在膕窩裡，身體仍瑟瑟發抖。我校的全體教師，包括古德倫中學的兩名女參議教師，坐在橡木椅子上圍成一個半圓形，那些高背皮墊靠椅是學校行政人員事先擺好的。默勒老師拍了拍手掌，招呼大家安靜下來，好讓克洛澤校長講話。三年級男生擺弄著小折刀，坐在古德倫中學高年級女生的後面。女生梳著辮子——雙辮或莫札特式辮①，許多人將雙辮擺在胸前，而莫札特式辮只好聽任三年級男生隨意擺布。克洛澤先講了一段開場白。他談到所有在外面打仗的校友，包括陸、海、空三軍；他誇耀了一番自己和朗格馬克②的大學生。瓦爾特·弗萊克斯③在奧塞爾島上陣亡，他的名言「成熟起來，永保純潔④！」體現了男子漢的美德。他又引用了費希特⑤或阿恩特⑥的一句話：「僅僅取決於你和你的行動⑦！」他回憶了海軍上尉在七年級時寫的一篇關於阿恩特或費希特的優秀作文：「在我們中間，有一個人脫穎而出，他產生於我們學校的精神，從這個意義上來說，我們要……」

當克洛澤講話時，我們蹲在窗龕裡正和古德倫中學高年級的女生頻頻傳遞紙條，現在說出此事還有必要嗎？三年級男生當然也不甘寂寞，用他們的小折刀發出嚓嚓的聲音。我在一張紙條上不知寫了點什麼，然後傳遞給薇拉·普呂茨或希爾德欣·馬圖爾，但是沒有收到任何一張回條。馬爾克的雙手仍然夾在膕窩裡，顫抖已經停止。海軍上尉坐在主席臺上，顯得有些拘謹，兩旁是我們的拉丁文教師施塔赫尼茨博士和上了歲數的參議教師布魯尼斯——他仍像平時那樣毫無拘束地含著糖塊。開場白接近尾聲，我們的紙條傳來傳去，三年級男生擺弄著小折刀，元首的目光與封·康拉迪男爵的目光相交，上午的陽光慢慢滑出禮堂，海軍上尉不時地舔濕那張略微凸起、能言善道的嘴巴，神情陰鬱地衝著聽衆，竭力不去注意那些古德倫中學的女生。他的帽子端端正正地擺在併攏的雙膝上面，手套壓在帽子底下。他身穿禮服，掛在脖子上的那玩意兒在潔白的襯衫襯托下顯得格外醒目。突然，他把頭轉向禮堂側面的窗戶——勳章也馴服地跟過去一半——馬爾克抽搐了一下，大概以爲被人認了出來，但實際上並非如此。潛艇艇長的目光越過我們蹲著的窗龕，盯著那幾棵蒙上灰塵、一動不動的栗子樹。我當時和現在都在揣測：他在想什麼呢？馬爾克在想什麼呢？正在講話的克洛澤在想什麼呢？正在吃糖的布魯尼斯老師在想什麼呢？讀著你的紙條的薇拉·普呂茨在想什麼呢？希爾德欣·馬圖爾在想什麼呢？他，他，他——馬爾克或長著能言善道的嘴巴的他——在想什麼呢？了解一名潛艇艇長在必須傾聽別人講話時心裡在想些什麼是頗有啓發性的。他在看不到十字線⑧和起伏不平的地平線的情況下移動視線，直到使中學生馬爾克大爲震驚。他的目光越過中學生們的腦袋，穿透雙層窗玻璃，緊緊地盯著校園裡那幾棵乾巴巴的栗子樹，樹上的綠葉顯得無精打彩。他再次用淡紅色的舌頭在那張能言善道的嘴上舔了一圈。克洛澤試圖讓他的最後一句話連同那股薄荷味傳過禮堂的中央：「現在，我們要在家鄉好好聽聽你們這些從前線回來的人民子弟兵報告前線的消息。」

那張能言善道的嘴巴使我們大爲失望。海軍上尉首先相當平淡地像每一份《海軍年鑑》那樣介紹了大概情況和潛艇的任務：第一次世界大戰期間的德國潛艇，韋迪根⑨，「U-9」號潛艇，潛艇決定了達達尼爾戰役⑩，共計一千三百萬總註册噸位；我們的第一批二百五十噸級潛艇，在水下由引擎驅動，在水上由柴油機驅動；普里恩這個姓氏，普里恩與「U-47」號潛艇，普里恩艇長擊沉了「皇家方舟」號⑪——這些我們早已知道，而且一淸二楚——還有「雷普爾澤」號，舒哈爾特擊沉了「勇敢」號⑫等等。他淨是老調重彈：「……全艇官兵是一個有著共同信念的集體，因爲大家遠離故鄉，精神上都承受著巨大的壓力。你們可以想像一下，我們的潛艇奉命待在大西洋或北冰洋的下面，就像一個沙丁魚罐頭，又擠，又潮，又熱。船員只能睡在魚雷上面，一連數日見不到任何船隻。地平線一片空白。後來，終於出現了一支船隊，護航的兵力很強，指揮必須萬無一失，不得有一句廢話。我們發射了兩枚魚雷，擊中了『阿恩達勒』號。這是我們擊中的第一艘油輪，一萬七千二百噸，一九三七年剛剛下水。親愛的施塔赫尼茨老師，不管您信不信，我當時想到的是您。我沒有關掉通話器，就大聲做起拉丁文拼讀練習來：qui quae quod, cuius cuius cuius……直到艇上的導航員通過通話器大聲喊道：『讀得非常好，艇長先生，您今天沒有課！』但是，深入敵境的航行也不僅僅是進攻，一號發射管，二號發射管，預備……放！連續數日都是風平浪靜的大海，潛艇的顛簸和轟鳴，頭頂上是無際的天空，你們知道嗎，這是一片使人頭暈的天空，日復一日的日落……」

海軍上尉用脖子上那個高高突起的玩意兒充實了他的報告，儘管他已經擊沉了總註册噸位爲二十五萬噸的船隻：一艘「德斯帕茨」級的輕巡洋艦，一艘「特里巴爾」級的大型驅逐艦……他更多時候是用豐富的詞彙描繪自然景色，而不是詳細地報告戰績。他還大膽地用了一些比喻：「……艇尾帶起了一層層白色的浪花，像一條昂貴的拖地長裙。小艇宛如一位身著盛裝的新娘，激起了一道道紗裙似的水簾，迎向死神主持的婚禮。」

梳辮子的女孩們中間發出了哧哧的笑聲。然而接下去的一個比喻又抹掉了這位新娘：「這艘潛艇就像一條有背鰭的鯨魚，艇首激起的浪花形同一名匈牙利輕騎兵捻起的髭子。」

海軍上尉善於冷靜地強調技術性的措辭以及使用童話裡常常出現的詞語。他大概主要是衝著「布魯尼斯老爹」的耳朵做報告，而不是朝著我們，這個艾興多爾夫的崇拜者曾經是他的德文老師。他那些措辭強勁的課堂作文克洛澤已多次提到。我們聽見他低聲說出「艙底水泵」、「舵手」、「總羅經」、「子羅經」等，他大概以爲我們準會對此感到新奇。實際上，我們在幾年前就已經熟悉了這些海軍術語。他又變成了講童話故事的阿姨，一會兒講到「狗哨[13]」和「球形間壁」，一會兒又說起通俗易懂的「波濤洶湧的大海」，就像好心的老安徒生或格林兄弟神祕地低聲談論「ASDIC 脈衝[14]」。

他對日落的描繪使人感到很不舒服：「在大西洋的黑夜像一塊由烏鴉變成的毛巾朝我們頭上撲來之前，空中的色彩分成了許多層次。我們在家裡還從未見過這種情況。一顆橘子升了起來，果肉飽滿但卻顯得很假，不久就變得像一層輕柔的薄霧，周圍是一圈華麗的光環，酷似美術大師的圖畫，中間是羽毛般輕柔的雲霧。它多麼像一盞奇特的礦燈，懸掛在注滿鮮血、波浪翻滾的大海上方。」

他用脖子上的那個硬玩意兒發出管風琴彈奏的嗡嗡和沙沙聲。天空從海藍色轉爲塗上一層冷光的檸檬黃，再變成栗紫色，空中出現了罌粟，其間薄雲浮動，先是泛著銀光，繼而又改變了顏色。「讓鳥兒和天使流盡他們的血吧！」那張能言善道的嘴巴一個字一個字地說道。

他突然停止對自然景色的大膽描述，讓一架森德蘭式水上飛機⑮鑽出充滿牧歌情調的雲層，隆隆響著衝向潛艇。在水上飛機失去目標之後，他又用這張能說會道的嘴巴開始了報告的第二部分。他沒有再打比方，而是簡潔扼要地敍述了一些枯燥乏味且無關緊要的事情：「我坐在潛望鏡觀察座上指揮進攻。大概擊中了一艘冷藏運輸船，其尾部首先沉入大海。潛艇下潛一百一十公尺，在方位一百七十度發現了一艘驅逐艦，左舷十度，航向一百二十度。航向始終保持一百二十度。螺旋推進器轉動的噪聲漸漸遠去，繼而重新靠近，航向保持在一百八十度，施放深水炸彈，六枚、七枚、八枚、十一枚。潛艇上的燈光全部熄滅，趕緊接上備用照明，各個砲位先後報告情況。驅逐艦突然停了下來。方位一百六十度，左舷十度，新的航向是四十五度……」

可惜，在這段確實扣人心弦的敍述之後，緊接著又是描繪自然景色，什麼「大西洋的冬天」啦，什麼「地中海的螢光」啦，還有一幅渲染氣氛的畫面：「潛艇上的聖誕節」和必不可少的被當作聖誕樹的掃帚。最後，他按照奧德修斯從敵營勝利歸來的種種傳說，創作了他們神話般的凱旋：「第一批海鷗向港口發出了通報。」

我不記得，當時是由克洛澤校長用我們熟悉的那句話：「現在全體回去上課！」結束了這次演講，還是大家一起高唱了《我們熱愛風暴》⑯。我一直記得那低沉卻充滿敬意的掌聲，以及從梳辮子的女孩們最先開始的、毫無規律的起立。當我轉身看馬爾克時，他已經走開了。我只看見他的中分頭在右側出口處冒出來幾次。我當時沒法立刻就從窗龕跳到打過蠟的地板上，因爲我的一條腿在聽演講時蹲得麻木了。

在體育館旁的更衣室裡，我總算又遇上了馬爾克，可當時我竟然一時不知道該如何開口。在換衣服時就聽到不少傳聞，後來得到了證實：海軍上尉請求他從前的體操老師馬倫勃蘭特，讓他在那座令人難以忘懷的體育館裡再練一次體操，儘管他畢業後幾乎沒有進行過訓練。我們將榮幸地同他一起。在連續兩節的體操課上——通常總是星期六的最後兩節課——他先爲我們然後又爲八年級的學生表演了他的本領。八年級學生從第二節課起和我們共用體育館。

他身材矮小、粗壯，頭髮又黑又長。他從馬倫勃蘭特老師那裡借來了一套學校傳統的體操服：紅色體操褲，白色體操衣，胸前印著紅色條紋，中間嵌了一個黑色的大寫字母C⑰。他換衣服時，身邊圍了一群人，向他提了許多問題：「……我可以湊近一點兒看看嗎？需要多少時間？如果現在想要……我哥哥有一位朋友在快艇上服役，他說……」他耐心地回答提問，有時無緣無故地笑了起來，並且傳染了大家，更衣室裡笑聲不斷。這時，馬爾克之所以引起了我的注意，是因爲他沒有和大家一塊兒笑，而是在專心致志地把他脫下來的衣服疊好掛上。

馬倫勃蘭特的哨聲把我們召進了體育館。我們在單槓下面集合。在馬倫勃蘭特小心翼翼的保護下，海軍上尉開始了這節體操課。我們用不著特別辛苦費勁，因爲主要是他爲我們示範表演，主要項目是在單槓上做大迴環接分腿騰越的動作。除了霍滕・索恩塔克以外，只有馬爾克能跟著做這個動作，但是誰都不願意看他做，因爲他做大迴環接分腿騰越時膝蓋彎曲，身體縮在一起，姿勢非常難看。直到海軍上尉和我們一起開始練習一種編排講究、輕快靈巧的徒手體操時，馬爾克的喉結仍在突突地跳個不停，像是被什麼東西刺了一下。他在做魚躍跳馬接著滾翻的動作時，雙腳落在墊子的邊上，大概把腳踝扭了一下。他坐在體育館角落裡的一個攀登架上，那塊軟骨突突地跳著。他一定是趁著八年級學生第二節課進來時偷偷溜到這裡的。直到開始和八年級比賽籃球，他才重新加入了我們的行列。他投進了三、四個球，儘管如此，我們還是輸給了對方。

我們的新哥德式體育館顯得與新蘇格蘭區的聖母院一樣莊嚴肅穆。那座聖母院保持了從前那個設計新穎的體育館明顯具有的學校特點，儘管古塞夫斯基司鐸將那些描金繪彩的石膏像和人們捐贈的教堂擺設集中擺放在從寬大的正面窗戶射入的光線之中。如果說那兒是由光明主宰著所有隱祕的話，那麼，我們則是在神祕莫測的朦朧光線中練習體操。我們的體育館有許多尖拱窗，磚嵌的圖案將薔薇形和魚鰾形的玻璃窗畫分成許多小塊。在聖母院裡，獻祭、變體和聖餐被照得通亮，這些儀式始終顯得毫無魅力、繁瑣冗長——門上的金屬飾片、從前的工具、體操器械、棒球球棒和接力棒被當做聖餅分發也未嘗不可——在我們這座體育館神祕的光線中，兩支籃球隊之間的跳球顯得隆重、感人，近似於神父授職儀式或堅信禮。沒有爭到球的一方像做聖事似的謙卑而迅速地退回燈光微弱的後場，富有生氣的十分鐘比賽結束了這節體操課。每當戶外陽光普照，便有幾束朝暉穿過校園裡那幾棵栗子樹的葉子和尖拱窗照射進來。只要吊環和高鞦韆上有人在進行練習，斜射進來的側光就會產生生氣氛和諧的效果。我現在只要努力回想一下，眼前還會出現那個矮小粗壯的海軍上尉，穿著我們學校的紅色體操褲輕盈悠然地蕩著高鞦韆。我看見他的雙腳——他做體操時是赤著腳的——完美無瑕、舒展自如地沐浴在一道斜射進來的金燦燦陽光裡；我看見他的雙手——他突然在高鞦韆上做了一個掛膝懸垂的動作——伸向一道瀰漫著金色塵土的光束。我們的體育館古樸而悅目，更衣室的採光也是通過尖拱窗，因此，我們把更衣室叫做法衣室⑱。

馬倫勃蘭特吹響了哨子。八年級學生和六年級學生在籃球比賽之後列隊集合，為海軍上尉唱起《我們踏著晨露爬山去》⑲，然後解散去更衣室。大家很快又圍住了海軍上尉，不過八年級學生並不一味糾纏。海軍上尉在唯一的洗手盆裡——我們沒有淋浴間——仔細洗了洗雙手和腋窩，然後動作迅速地脫掉借來的體操服，換上自己的內衣內褲，我們什麼也沒能看見。他又開始回答學生們的提問，臉上堆滿笑容，情緒高昂，口吻有些傲慢。利用兩次提問之間的沉默，他用兩隻手不安地摸索著，先是隱蔽繼而完全公開地尋找起來，甚至包括凳子下面。「請等一下，小伙子們，我馬上就回來。」海軍上尉穿著海軍藍的褲子和白襯衫，顧不得穿鞋，只穿襪子就從學生和凳子中間擠了出去。這裡臭氣薰天，就像動物園裡的小型猛獸館。他的衣領敞著，翻了起來，等著繫上領帶和串上那枚我無法用語言描繪的勳章。馬倫勃蘭特老師的辦公室門上掛著每週使用體育館的課程表。他一邊敲門，一邊闖了進去。

除了我以外，還有誰懷疑過馬爾克呢？我現在不能肯定，當初我是不是立刻就問：「馬爾克上哪兒去了？」但是，即便如此，我的聲音也不會太高，其實，我本該大聲喊的。席林也沒有大聲喊叫，霍滕・索恩塔克、溫特爾、庫普卡和埃施都沒有大聲喊叫。相反地，我們大家一致認爲這是身體孱弱的布施曼幹的，這個淘氣的傢伙即使挨了十幾個耳光之後仍然不會停止那種永恆的、從娘胎裡帶來的冷笑。

馬倫勃蘭特身穿厚絨呢浴衣，帶著衣衫不整的海軍上尉站在我們中間，高聲吼道：「這是誰幹的？自己承認！」這時，布施曼被推到了他的面前。我也高喊著「布施曼」，心裡已經能自然而然地認定：沒錯，只能是布施曼幹的，除了布施曼還會有誰？

當布施曼被好幾個人——包括海軍上尉和八年級的那個班長——審問的時候，我們身後的最外圍開始騷動起來。布施曼臉上的冷笑即使在審問時也不肯消失，所以他挨了第一記耳光，騷動頓時停了下來。我睜大眼睛，豎起耳朵，等待著布施曼一一招供。一種確信無疑的信念順著我的脖子爬了上來：瞧著吧，這可是一樁了不得的事啊！

布施曼仍在冷笑，我對他會做出解釋的期望越來越小，尤其是馬倫勃蘭特賞給布施曼許多耳光也暴露出了他自己缺乏信心。馬倫勃蘭特不再提那件失蹤的東西，而是在兩記耳光之間高聲吼道：「你應該把冷笑收起來。不准再笑了！我非要改一改你這種冷笑的毛病不可！」

順道提一下，馬倫勃蘭特沒能讓布施曼改掉冷笑的毛病。我不清楚布施曼今天是否還活著。但是，假如現在有一位布施曼牙醫、布施曼獸醫或布施曼助理醫生——海尼・布施曼當時想進大學攻讀醫學——那麼，他將是一位冷笑的布施曼大夫。因爲，這種冷笑經久不變，不至於這麼快就消失殆盡，它在無數次戰鬥和幣制改革⑳中幸免於難，甚至當領口空空盪盪的海軍上尉期待審問成功時，這種冷笑已經戰勝了馬倫勃蘭特老師的耳光。

儘管布施曼吸引了大家的目光，我還是偷偷回頭望了馬爾克一眼。我不必四下找他，單憑脖子就能感覺到他在哪兒暗暗地哼著《聖母頌》。他站得不算遠，但卻沒有跟著起鬨；他已經穿好衣服，正在扣襯衫最上面的那個鈕扣。從剪裁式樣和布紋來看，這件襯衫很可能是他父親留下來的。他費了好大的勁兒，想把他身上的特殊標誌塞到鈕扣的後面。

撇開脖子上那一竄一竄的玩意兒和隨之運動的咀嚼肌，馬爾克給人留下了一個鎮靜從容的印象。當他意識到鈕扣無法扣在喉結上面之後，就從掛在衣架上的外套的胸前內袋裡掏出一條壓皺了的領帶。我們這個年級沒有人打領帶。在七、八、九三個年級也只有少數幾個愛慕虛榮的傢伙繫著滑稽可笑的蝴蝶結。兩個小時之前，當海軍上尉結束他那鼓舞人心的演講離開講臺時，馬爾克的襯衫領口還空盪盪的。然而，這條壓皺了的領帶那時就已經裝在他上衣胸前的內袋裡，急切地等待著關鍵的時刻。

這是馬爾克的領帶首次亮相。他站在更衣室那面唯一的、斑斑點點的鏡子前面——沒有湊到跟前，而是保持一段距離，像是做做樣子似的——將那條印著彩點、在今天看來很不像樣的領帶圍到翻起來的襯衫領子外面，然後把領子翻下來，又扯了一下那個過大的領結。他開始說話，聲音不高，但卻有聲有色：「我敢打賭，這不是布施曼幹的。已經有人搜過布施曼的衣服？」仍在進行的審問和打耳光的響聲把他的話襯托得清清楚楚。馬倫勃蘭特不顧海軍上尉的反對，仍在沒完沒了地抽打布施曼那張冷笑的臉。

馬爾克的話立刻召來了聽眾，雖然他是衝著鏡子說話。他的新花樣——領帶直到後來才引起大家的幾分注意。馬倫勃蘭特親自動手搜查布施曼的衣服，這下子又有了抽打那張冷笑臉的理由：他在上衣的兩個口袋裡找到許多剛剛拆封的保險套，布施曼常用這種東西在七、

八、九三個年級中做點小生意——他的父親是藥房老闆。除此之外，馬倫勃蘭特一無所獲。海軍上尉無可奈何地繫好軍官領帶，翻下衣領，用手指輕輕地敲了敲先前掛著勳章、此時已空盪盪的位置，建議馬倫勃蘭特不必將此事看得過於嚴重：「還是有可能彌補的嘛，參議教師先生。這沒什麼大不了的，不過是一次惡作劇罷了！」

但是，馬倫勃蘭特下令鎖上體育館和更衣室，然後在兩個八年級學生的協助下開始搜查我們的口袋。他還檢查了更衣室裡每一個可能用作藏匿處的角落。起初，海軍上尉也興致勃勃地幫忙，但是漸漸失去了耐心，竟然幹起了平時沒有人敢在更衣室裡幹的事情：他一支接一支地抽著香菸，把菸頭扔在鋪著亞麻油氈的地板上，然後用腳踩滅。當馬倫勃蘭特一聲不吭地遞給他一只痰盂時，他的情緒顯然很壞。這只痰盂好多年來一直沒有用過，擱在洗手盆旁邊，落滿了灰塵，事先已被當作失竊物品的藏匿處做過一番檢查。

海軍上尉像小學生似的刷地一下面紅耳赤，趕緊從那張略微凸起、能言善道的嘴巴裡抽出剛剛點燃的香菸。他不再抽菸，而是抱著雙臂，開始神經質地看時間。只見他做了一個單調的拳擊動作，讓手錶從衣袖裡露了出來，以此表明他的時間很緊迫。

他走到門口，搖了搖套在手指上的手套，向我們告別，同時又暗示，他不會喜歡這種搜查的方式，他將要把這件令人不快的事情轉告校長本人，因爲他不打算讓缺乏教養的蠢豬糟踏了他的假期。

馬倫勃蘭特把鑰匙丟給一個八年級學生。此人動作不夠靈活，在打開更衣室大門時造成了一段令人尷尬的間歇。

---

①即將頭髮攏到頸後，紮上一個蝴蝶結。

②朗格馬克是比利時西佛蘭德省的一個城鎮，一九一四年第一次世界大戰爆發後，許多志願參軍的德國大學生在此唱著國歌走上戰場。這種充當砲灰的行為後來被渲染成為愛國神話。

③弗萊克斯（一八八七～一九一七），德國作家，第一次世界大戰爆發後自願入伍，曾任連長，在率部攻打波羅的海上的奧塞爾島時陣亡，納粹時期被奉為德國青年的楷模。

④引自弗萊克斯的長篇小說《兩個世界之間的漫遊者》（一九一六）。

⑤費希特（一七六二～一八一四），德國哲學家。

⑥阿恩特（一七六八～一八六〇），德國散文作家和詩人。

⑦實際上這是德國詩人阿爾貝特・馬泰伊（一八五五～一九二四）的詩句，引自《費希特致每一個德國人》的最後一節。由於標題的緣故，克洛澤誤認為是費希特的詩。

⑧指潛望鏡上用於瞄準的十字線。

⑨韋迪根（一八八二～一九一五），德國海軍上尉，他率領的「U-9」號潛艇在一九一四年九月二十二日連續擊沉三艘英國巡洋艦。

⑩達達尼爾戰役，第一次世界大戰時英、法對土耳其採取的一次軍事行動，因多艘軍艦被德國潛艇擊沉或擊傷，被迫放棄從海上進攻。

⑪一九三九年十月十四日，由德國海軍少校普里恩率領的「U-47」號潛艇偷偷潛入斯卡帕灣，擊沉了英國「皇家方舟」號戰列艦。

⑫一九四〇年九月十二日，德國海軍少尉舒哈爾特率領「U-29」號潛艇擊沉了英國「勇敢」號航空母艦。

⑬海軍俗語，即軍艦上從午夜到凌晨四時的崗哨。

⑭ASDIC是英語「盟國偵察潛艇委員會」的縮寫。

⑮森德蘭式水上飛機，英製四引擎水上飛機。

⑯二〇年代在德國青年組織，如青年聯盟和童子軍中流行的一首歌，第三帝國時期成為青年組織和軍隊鼓舞士氣的歌曲。

⑰大寫字母C是康拉迪完全中學的德文縮寫。

⑱教堂用於放置聖器和法衣，以及供教士更衣的房間。

⑲這是一首瑞典大學生的歌曲，一直受德國青年喜愛。

⑳指一九四八年在德國的英、美、法占領區所進行的幣制改革。

第八章

進一步的調查花了星期六整個下午，卻未能取得任何結果。我現在只能記得一些眼下幾乎毫無必要重提的細節，因爲我當時不得不盯住馬爾克，盯住他那條領帶——他不時地試圖把打結處向上推。然而，要想不使馬爾克難堪，領帶上非得揷上一根釘子不可。你眞教人無可奈何。

那麼海軍上尉呢？如果眞的提出這一問題，答案只需寥寥數語：在下午的調查過程中他不在場；未經證實的推測有可能符合實情。據說，他在未婚妻的陪同下跑遍了市內三、四家勳章商店。我們班還有人聲稱：在此後的那個星期日曾在「四季」咖啡館見過他，他的身邊不僅有未婚妻及其父母作陪，而且襯衫領口也沒缺少了什麼。咖啡館的客人恐怕也都不安地察覺出，那位坐在他們中間，斯文地用刀叉分解戰爭第三年生產的硬點心的先生是個什麼人物了。

那個星期日我沒去咖啡館。我答應古塞夫斯基司鐸去爲晨禱輔彌撒。七點剛過，馬爾克就繫著一條花領帶來了。他和那五個常來的老婦人無法掩飾那間從前是體育館的空虛。領聖餐時，他仍像往常一樣坐在左排外側。傍晚，當學校的調查結束後，馬爾克肯定立刻就去聖母院懺悔了。或許，你只是出於某種原因在聖心教堂對著維恩克司鐸的耳朵嘀咕了幾句。

古塞夫斯基司鐸把我叫住，問了一些有關我哥哥的情況。我哥哥駐紮在俄國，現在很可能已經躺在那兒了，因爲我們一連幾個星期都沒有聽到他的任何消息。我又一次漿洗熨平了所有的晚禱服和白襯衣，古塞夫斯基司鐸也許會爲此賞給我兩盒草莓糖吃。當我離開法衣室時，馬爾克肯定已不在教堂了。想必他已經乘電車走了一站路。我在馬克斯・哈爾伯廣場登上九路電車的後面一節車廂。在馬格德堡大街車站，車正要啓動，席林突然跳了上來。我們談了一些無關緊要的事。或許我還把古塞夫斯基司鐸賞給我的草莓糖掰了一點兒給他。我們坐的車在薩斯佩農莊和薩斯佩公墓之間超過了霍滕・索恩塔克。他騎著一輛自行車，圖拉雙腿分開坐在後座上。這個乾瘦的小妞兒仍然像往常那樣露著兩條光滑的長腿。不過，她身上已經不再是又扁又平的了。自行車帶起的風撥弄著她的長髮。

因爲我們要在薩斯佩農莊的岔道與反方向的電車錯車，霍滕・索恩塔克和圖拉便再次把我們甩在身後。他倆在布勒森車站等著我們，自行車靠在海水浴場管理處的一個廢紙簍旁邊。他們在玩小弟弟和小妹妹的遊戲，小手指和小手指勾在一起。圖拉的衣裙湛藍湛藍，像過了水似的，上上下下都那麼短、那麼緊、那麼藍。霍滕・索恩塔克背著一個包著泳衣和其他東西的小布包。我們懂得如何從無言的對視中了解情況，如何從意味深長的沉默中尋找答案：「很明顯嘛！除了馬爾克還能有誰？這位老兄眞棒。」

圖拉想聽個究竟，一邊催問，一邊輕輕地敲擊尖尖的手指。但是，我們誰也沒有說出那個東西的名稱，只是簡單地重複著：「除了馬爾克還能有誰？」「很明顯嘛！」席林，不，是我後來發明了一種新的說法。我夾在霍滕・索恩塔克的腦瓜和圖拉的小腦瓜之間說道：「偉大的馬爾克。這肯定是偉大的馬爾克幹的！只有這一種可能。」

這個稱呼保留下來了。所有從前將馬爾克這個名字標上綽號的企圖，在很短的時間之內統統失敗了。我至今還記得「落湯雞」這個綽號；當他站在一邊觀望時，我們還叫過他「窮光蛋」或「可憐蟲」。然而，「這肯定是偉大的馬爾克幹的」這句我脫口而出的話被證明是最有生命力的。因此，下文凡是提到約阿希姆・馬爾克的地方都用了「偉大的馬爾克」這種說法。

到了售票處，我們才甩開圖拉。她朝女子浴場走去，兩邊肩胛骨把上衣繃得緊緊的。從男子浴場前面的陽臺式建築向遠處眺望，可以看見一片在朵朵白雲遮蔽下、波光粼粼的大海。水溫：十九度。我們無需尋覓，三個人就都看見，在第二片沙洲後面有一個人正奮力朝著掃雷艇方向游去。他游著仰式，掀起了一片浪花。大家一致認爲：只能派一個人去跟蹤他。席林和我建議霍滕・索恩塔克去，可他卻更願意和圖拉・波克里弗克一塊兒到男女混合浴場的遮陽板後面躺一躺，用沙子埋住她那一雙長腿。席林則推託說早餐吃得太多：「肚子裡淨是雞蛋之類的東西。我奶奶住在克拉姆皮茨村①，她養了一群雞，有時來城裡過禮拜天，總要帶上十五、六個雞蛋。」

我一時想不出什麼話可說。做彌撒之前，我已經吃過早餐。我很少遵守聖餐前齋戒的教規②。「偉大的馬爾克」既不是席林也不是霍滕・索恩塔克的發明，而是我的首創，因此我只好跟著他游，但是我並不怎麼賣力。

在女子浴場和男女混合浴場之間的碼頭上，我和圖拉・波克里弗克險些吵起來，因爲她竟想和我一道游過去。她趴在欄杆上，四肢瘦得像蘆柴一樣。接連好幾個夏天，她一直穿著那件鼠灰色、到處打著補丁的兒童泳衣：微微隆起的乳房承受著擠壓，大腿被緊緊地勒住，兩腿之間還綴著一團像陰唇似的破布。圖拉叉開腳趾，又努鼻子又噘嘴地論長道短。當她爲了一件禮物——霍滕・索恩塔克悄悄對她耳語了幾句——準備放棄跟我一塊兒游時，四、五個低年級男生翻過了欄杆。我常在沉船上見到這幾個人，他們個個都有好水性。他們大概是聽說了什麼，這會兒顯然是要去沉船，即使沒有直截了當地說出沉船是他們的目標：「我們想游到別處去，上防波堤那邊看看。」霍滕‧索恩塔克趕緊爲我說話：「誰要是跟在他後面游，可要當心挨揍啊。」

我從碼頭上猛地跳進水裡，向遠處游去，在水中不斷地變換姿勢，游得不快不慢。當時游泳和現在寫作時，我總是試圖把思路引到圖拉‧波克里弗克身上，因爲我當時和現在都不願意總是想著馬爾克。我當時採用了仰式，所以，現在我寫道：我當時採用了仰式。唯有如此，我才能看見，骨瘦如柴的圖拉‧波克里弗克穿著鼠灰色的泳衣趴在欄杆上：她越來越小，越來越瘋瘋癲癲，越來越令人痛心。對我們來說，圖拉不啻是肉中之刺——不過，當我游過第二片沙洲時，她的身影便被遮住了；她不再是一個點、一根刺、一個孔穴，我也不再是從圖拉身邊游開，而是朝著馬爾克游去。我現在正朝著你的方向寫道：我不快不慢地游著蛙式。

在兩次划水之間——水有足夠的浮力——我回想著：事情發生在放暑假前的最後一個禮拜天。當時發生了什麼事呢？隆美爾在北非東山再起；克里米亞半島終被攻克③。復活節之後，我們升上六年級。埃施和霍滕‧索恩塔克自願報名從軍，兩人報的都是空軍，但是，就像我一樣，猶豫來猶豫去，一會兒想報海軍，一會兒又不想報海軍，結果，他倆都進了裝甲特種兵部隊，那是一個較優越的步兵兵種。馬爾克沒有報名。他不僅再一次成了例外，而且還說：「你們大概頭腦發昏了！」實際上，年長一歲的馬爾克是最有機會早我們一步出風頭的。但是，現在卻被寫下這些的我捷足先登。

最後兩百公尺游得更慢了。爲了便於換氣，我沒有改變姿勢，仍然游蛙式。偉大的馬爾克仍像往常那樣坐在羅盤室後面的陰影裡，只有膝蓋暴露在陽光下。他肯定已經潛下去過一次。一首序曲時斷時續的餘音迴蕩在飄忽不定的海風中，傳到我耳朵裡時只剩下一些細碎的聲波。這是馬爾克玩的把戲：他鑽進小艙房，搖足舊留聲機的發條，擺好唱片，隨後披散著濕漉漉的中間分道的頭髮爬上艦橋，蹲在陰影裡靜靜地聆聽自己放的曲子。海鷗盤旋在沉船的上空，用嗷嗷的鳴叫讚頌靈魂轉世的信念④。

不，趁著天色尚早，我要再次改爲面部朝天的姿勢，以便仰望那一朵朵形如馬鈴薯袋的白雲。這些分布均勻的雲團源源不斷地從普齊格灣飄來，經過沉船的上空緩緩地向東南方向飄去，海面忽明忽暗，讓人感到一陣陣的涼意。我很久沒有看到如此潔白美麗、如此酷似馬鈴薯袋的雲彩了。前一次恐怕還是在兩年前協助阿爾班神父在科爾平之家⑤舉辦的畫展上。他當時說：「咱們教區的孩子畫出了夏天。」當游近鏽跡斑斑的沉船時，我再一次問自己：爲什麼我要來？霍滕・索恩塔克和席林幹嘛不來？本來完全可以派那幾個低年級男生上船的；讓圖拉和霍滕・索恩塔克同行也未嘗不可。即使大家帶著圖拉一道過來又有什麼關係？那幾個低年級男生不是沒完沒了地追著這個乾瘦的小妞兒嗎？他們中間有一個大概還和圖拉沾點親，因爲別人都說他是圖拉的表哥。但是，我還是獨自下了水，並且還關照過席林，別讓任何人跟在我的身後。我不快不慢地游著。

我姓皮倫茨——我的名字無關緊要——曾經當過彌撒助手，那時我簡直見一行愛一行。現在我在科爾平之家當秘書，而且迷上了這個差事。我閱讀布洛瓦⑥、諾斯替教派⑦、伯爾⑧以及弗里德里希·黑爾⑨的作品，此外還常常翻看善良的老奧古斯丁⑩那本令人駭異的《懺悔錄》。我喜歡泡一杯紅茶，和阿爾班神父徹夜長談，探討有關耶穌的血、三位一體⑪和告解⑫等問題，向這位開明的、半路出家的方濟會神父⑬介紹馬爾克、馬爾克的聖母瑪利亞、馬爾克的喉結和馬爾克的姨媽，提到馬爾克的中分頭、糖水、留聲機、雪梟、螺絲起子、羊毛流蘇和螢光鈕扣，談起貓與鼠和「我的惡過」⑭，敘述偉大的馬爾克如何坐在小船上而我又如何用蛙泳和仰泳不疾不徐地朝他游去。如果說馬爾克有好朋友的話，那麼只有我和他還算得上夠交情。爲了保持這種友情，我花了不少力氣。不！我並沒有花多少力氣。我和他以及他那些不斷變換的飾物有著自發的聯繫。假如馬爾克說：「給我幹這個！」我準會不遺餘力地去幹。可是，馬爾克從來不開口。有時，我爲了和他一道上學不惜繞道去東街約他，而他對這種做法僅僅是默許而已。當他開始把羊毛流蘇作爲時髦的裝飾時，我第一個響應，在自己的脖子上也掛了一串。有一段時間，我也用鞋帶繫上一把螺絲起子戴著，不過只是在家裡戴罷了。自從升入五年級，信仰宗教和所有涉足聖事的前提就已不復存在。然而，爲了能在聖餐儀式上窺視馬爾克的脖子，我仍然充當彌撒助手，以便討好古塞夫斯基司鐸。偉大的馬爾克在一九四二年的復活節之後——當時在珊瑚海有航空母艦加入了激戰⑮——頭一次剃鬍鬚，我也在兩天以後朝自己的下巴上刮了幾刀，儘管我根本就還沒有長出一根鬍子。假如馬爾克在潛艇艇長演講之後對我說：「皮倫茨，去把那玩意兒連同帶子一塊兒偷來！」我一定會從掛衣鉤上爲你把那個帶有紅白黑三色⑯綬帶的玩意兒摘下來的。

然而，馬爾克總是獨自行動。他一個人坐在艦橋上的陰影裡傾聽水下淒婉的樂曲：《鄉村騎士》⑰——海鷗在空中盤旋，海水時而平靜如綢，時而掀起粼波，時而白浪翻滾——停泊場裡停著兩條大肚子貨輪——雲彩投下的陰影不時地掠過水面——六艘快艇編隊朝普齊格灣駛去，船首激起層層波浪，幾條拖網漁船散在其間——浪擊沉船，發出嘩嘩的響聲。我一邊慢慢地游著蛙式，一邊從幾根露出水面的通風管之間的空隙向遠處張望——實際上總共有幾根？當雙手快要碰到鏽鐵板時，我開始盯住你。整整十五年來，我一直在盯著你！我游上前去，抓住鏽鐵板，眼睛盯著你：偉大的馬爾克一動不動地蹲在陰影裡。船艙裡的唱片像著了魔似地重複著同一段曲子，直到發條轉完爲止。海鷗在空中掠過。你的脖子上掛著那件有綬帶的東西。

他的身上除此之外一絲不掛，看上去頗爲滑稽。一副瘦骨頭架子帶著從不消退的曬斑赤條條地蹲在陰影裡，只有兩膝是亮晃晃的。長長的、半挺著的陰莖和兩個睾丸平攤在鏽鐵板上。雙手夾在膕窩裡。頭髮一縷一縷地披在耳際，頭頂正中的髮路並未因潛水而弄亂。他竭力表現出一副救世主的神態，在這副尊容下面，那枚碩大的、近乎一掌寬的「糖塊」作爲全身唯一的飾物，一動不動地懸掛在兩根鎖骨之間。

至今我仍然覺得，那個爲馬爾克提供動力——雖然他還有若干備用的動力——和制動力的喉結，第一次找到了一個標準的對稱體。馬爾克閉目沉思，竟有半晌沒動一下身子。因爲這枚造型勻稱、令他傾心的十字架有著一段不尋常的經歷：早在人們以金易鐵的一八一三年，好心的老申克爾[18]就按照古典主義審美觀設計了這個引人注目的東西，一八七〇年至一八七一年間稍有變化[19]，一九一四年至一九一八年間又略有改觀[20]，這一次它再度更新了面目[21]。它與那種從馬爾他式八角勳章[22]演變而來的「爲了功勳」[23]已經不可同日而語，儘管申克爾發明的這種畸形怪物首次從胸前移到脖子上，並且宣稱對稱性爲Credo[24]。

「怎麼樣，皮倫茨，這玩意兒夠漂亮的吧？」

「眞不錯，讓我瞧瞧。」

「受之無愧，對嗎？」

「我早就想到，這玩意兒肯定是給你弄走了。」

「沒有的事兒。這是昨天才頒發給我的。在開往摩爾曼斯克的護航船隊中㉕，有五艘軍需船和一艘『南安普敦』級的巡洋艦都是被我……」我倆隨性地開心閒扯，想以此表現我們的樂觀情緒；我們把《英格蘭之歌》㉖從頭至尾哼了一遍，隨後又即興編配了一套新詞。在我們編的歌詞中，不是油輪和軍艦，而是古德倫中學的幾個女學生和女教師在船上被鑽了孔。我們劈劈啪啪地拍著巴掌，報出特別新聞中那些既無聊又誇張的被擊沉的敵艦的數目。我們還用拳頭和胳膊肘猛擊甲板：沉船發出轟隆轟隆的回響，曬乾的鳥糞彈了起來。海鷗再次飛來，幾艘快艇駛入港口；美麗白雲似的縷縷輕煙在我們的頭頂和遠遠的天邊飄來蕩去，似吉星高照，又似浮光掠影；沒有一條魚兒躍出水面，天氣始終不錯。那個玩意兒在抖動，絕非由於喉結的緣故，而是因爲他渾身都在顫動。他第一次變得有點儍氣，不僅沒了救世主似的神態，而且還顯得瘋瘋癲癲。他從脖子上摘下那枚勳章，怪模怪樣地把綬帶兩頭按在胯骨上，叉開雙腿，聳起雙肩，將腦袋歪向一側，滑稽地學著不知哪個女孩的模樣，那個碩大的金屬「糖塊」在他的睾丸和陰莖前面搖來晃去：勳章只能勉勉強強地遮住他的生殖器的三分之一。

其間——你的表演漸漸讓我感到膩味起來——我問他，是否準備把這玩意兒留下；我還說，他最好將這東西存放在甲板下面那間暗艙裡，擺在雪梟、留聲機和畢蘇斯基之間。

偉大的馬爾克早有其他計畫，並且正在付諸實施。假如馬爾克眞的把那件東西存放在甲板下面，假如我和馬爾克從來就沒有交情，假如兩者均爲事實，即那件東西被藏在報務艙裡，我僅僅由於好奇和與馬爾克同班，才和他保持著不遠不近的聯繫，那麼我現在則毫無涉筆的必要，我也無需對阿爾班神父說：「那是我的過失，倘若馬爾克後來……」但是我必須寫，因爲只有這樣才能得到解脫。在白紙上舞文弄墨固然十分愜意，然而，朵朵白雲和陣陣輕風，按時列隊進港的快艇，那群宛如古希臘合唱團的海鷗㉗，於我有何裨益呢？語法規則的無窮變幻又有何用？即使我全用小寫，不加標點符號，我也只能說：馬爾克沒有把那玩意兒藏在波蘭「雲雀」號掃雷艇的報務艙裡，沒有把它掛在畢蘇斯基元帥和琴斯托霍瓦的聖母之間，也沒有把它擺在半死不活的留聲機和漸漸腐爛的雪梟上面。他只是趁我數海鷗的時候，把那個「糖塊」掛在脖子上到水下做了約莫半小時的短暫造訪，在那兒對著聖母瑪利亞——我敢肯定——炫耀了一番那枚精美絕頂的勳章，然後就帶著它從船首的艙口鑽出水面，戴著那件飾物穿上泳褲，和我一道緩緩地游回浴場。他從席林、霍滕•索恩塔克、圖拉•波克里弗克和那幾個低年級男生身邊走過時，把這塊鐵傢伙緊緊地攥在手心，偷偷將它帶入了男子浴場的更衣室。

我含含糊糊地向圖拉和她的追求者們說了情況，隨即鑽進我的更衣室，迅速地換好了衣服。我在九路車站追上了馬爾克。電車開動以後，我一直試圖說服他，應該親自將勳章還給海軍上尉，他的地址我們可以打聽到。

我覺得，他根本沒用心聽。當時，我倆擠在電車後面的平臺上，周圍站滿了星期日傍晚回城的乘客。在站與站之間，他都會鬆開那隻介於他和我之間的手。我倆把目光投向斜下方，盯住他手中那枚繫在一條濕漉漉、皺巴巴綬帶上的黑色金屬。電車駛上薩斯佩農莊的高坡，馬爾克沒有解開綬帶，他將勳章拿到領帶結的前面，對著平臺上的玻璃照了起來。電車停下來等候對面開來的車駛過之際，我將目光從他的一隻耳朵上移開，掠過荒涼的薩斯佩公墓和那些歪歪扭扭的沙地松樹，投向遠處的機場。正巧，一架機身寬大的三引擎 Ju-52 型飛機在緩緩著陸，它可幫了我的忙。

星期日的乘客無暇顧及偉大的馬爾克的表演。他們帶著孩子，攜著游泳衣褲，拖著在海灘上玩得筋疲力盡的身子，扯著嗓門在座位之間高喊。孩子們的哭鬧叫喊此起彼伏，時高時低，在車廂的兩個平臺之間迴盪——加上牛奶變酸的氣味。

我們在終點站——布隆斯霍費爾路下了車。馬爾克回過頭來說，他打算去打擾高級參議教師瓦爾德馬爾·克洛澤的午休，他準備一個人去——即使等他也是毫無意義的。

克洛澤住在鮑姆巴赫大街——這是眾所周知的。我陪偉大的馬爾克穿過電車路基下面的瓷磚地道，然後讓他獨自走了。他不急不忙地走著「之」字形路線，用左手的大拇指和食指捏住綬帶頂端，來回地轉著勳章，將它當成可以帶他去鮑姆巴赫大街的螺旋槳和驅動器。

該死的計畫！該死的行動！你眞該把那玩意兒扔到菩提樹上去。在這個綠樹掩映的別墅區有的是喜鵲㉘，牠們準會把它據爲己有，私藏起來，跟銀咖啡匙、金戒指、銅針玉之類的東西擱在一起。

馬爾克星期一沒來上課。全班同學議論紛紛。布魯尼斯老師來上德語課，像以往一樣把本來該分給學生的維生素C片含在嘴裡。講臺上放著一本翻開的《艾興多爾夫選集》。他那老年男子含混又悅耳的聲音不斷地從講臺上傳來：先是幾頁「無用人」㉙，接著是磨坊的風車、小戒指和行吟詩人——兩個小夥計，虎虎有生氣——有一隻小鹿，令人憐愛無比——一支歌在大千世界沉睡——暖風從藍天上吹來——他隻字未提馬爾克。

星期二，克洛澤校長夾著灰色的公文包來到我們班。他走到正不知所措地搓著雙手的埃爾德曼老師身邊，用冷靜的語調在我們頭頂上高聲說道：正値大家務必同舟共濟的生死關頭，發生了一件聞所未聞的事情。肇事者——克洛澤沒有直接點名——已被開除學籍。但是，校方將不通知其他部門，例如團總部㉚。他告誡學生們不要張揚此事，要保持男子漢的沉默，彌補這個有失體面的行爲給學校帶來的傷害。他還說這是本校一位畢業生所希望的結果，此人還是潛艇艇長、海軍上尉，以及某某勳章的受勳者。

偉大的馬爾克被趕出了我校，轉入了霍爾斯特・韋塞爾㉛中學——戰爭期間幾乎沒有什麼人會被完全中學退學。那裡沒有人會揭他的老底。

---

①但澤東南方的一個村子。
②天主教規定，教徒自聖餐前一天的子夜起不得進食。
③一九四二年六月底，德國陸軍元帥隆美爾統率的非洲軍團在北非戰場擊退英軍；同年七月初，德國和羅馬尼亞聯軍攻占了蘇聯的克里米亞半島。
④據西方傳說，海鷗的生命可以無限輪迴。
⑤科爾平（一八一三～一八六五），科隆大教堂執事長，一八四六年創建第一個天主教行業協會，即國際科爾平盟會的前身。
⑥布洛瓦（一八四六～一九一七），狂熱信奉天主教的法國小說家和評論家。
⑦羅馬帝國時期，在希臘、羅馬流傳的一個祕傳宗教。
⑧海因里希・伯爾（一九一七～一九八五），德國作家。
⑨奧地利歷史學家、政治評論家和出版家赫爾曼・戈德的筆名。
⑩奧古斯丁（三五四～四三〇），基督教神學家和宗教家，有自傳體作品《懺悔錄》傳世。
⑪基督教基本信條之一。
⑫天主教聖事之一。
⑬即天主教方濟會會員。方濟會提倡過安貧、節欲的苦行生活。

⑭原文為拉丁文。
⑮指一九四二年五月四日至八日在西太平洋珊瑚海所進行的美、日海戰和同年六月四日至七日的中途島戰役。
⑯紅、白、黑是當時的德國國旗的顏色。
⑰義大利作曲家馬斯卡尼（一八六三～一九四五）的著名獨幕歌劇。
⑱申克爾（一七八一～一八四一），德國建築師和畫家。他根據普魯士國王腓特烈・威廉三世（一七七〇～一八四〇）所畫的草圖設計了鐵十字勳章。
⑲一八七〇年七月十九日，即法國對德國宣戰之日，德國重設鐵十字勳章，新添了普魯士王冠和威廉一世（一七九七～一八八八）姓名的縮寫字母「W」和「一八七〇」的字樣。
⑳一九一四年八月五日德國對俄、法宣戰之後，德皇威廉二世（一八五九～一九四一）決定第二次重設鐵十字勳章，並將勳章上的一八七〇改為一九一四。
㉑一九三九年九月一日德國對波蘭宣戰之後，希特勒宣布第三次重設鐵十字勳章，正面圖案增加卍字，並標上一九三九，背面刻有一八一三。
㉒即十二世紀時馬爾他榮譽騎士所戴的式樣為紅底白星的勳章，後成為白十字騎士團勳章。
㉓原文為法文，係一七四〇年普魯士國王弗里德里希二世所設的榮譽勳章的名稱。
㉔拉丁文，意即「我信仰」，是基督教尼西亞信經或使徒信經的名稱，取自第一句：「我信仰唯一的上帝。」
㉕自一九四一年八月起，德國空軍和海軍從挪威的基地不斷襲擊英、美開往蘇聯摩曼斯克港和阿爾漢格斯克港的運輸船隊。
㉖即第二次世界大戰期間在德國海軍中流行的《水兵之歌》，作詞者是以描寫荒原景色著稱的德國詩人赫爾曼・隆斯（一八六六～一九一四）。
㉗在古希臘悲劇中，合唱經常有烘托和解說悲劇劇情發展的作用。皮倫茨把沉船上空盤旋的海鷗比作合唱團，意在暗示馬爾克的悲劇命運。
㉘西方常把喜鵲比喻為行竊者。
㉙即德國作家艾興多爾夫的中篇小說《一個無用人的生涯》，下面是他的一些詩句和詩歌的標題。

㉚希特勒青年團的最高一級組織。

㉛霍爾斯特・韋塞爾（一九〇七～一九三〇），德國納粹黨早期成員之一，在柏林的一次政治衝突中被人打死。他創作的《霍爾斯特・韋塞爾之歌》在納粹時期曾被當作德國國歌。

第九章

戰前，霍爾斯特・韋塞爾中學叫作威廉王子高等實科中學，這所學校和我們的學校差不多，塵土飛揚，到處都瀰漫著臭味。那座一九一二年落成的大樓從外表上看來要比我們這座火柴盒式的磚樓更可親一些。它位於本市的南郊，緊靠耶施肯塔森林。所以，到了秋天，當新學期開始之後，我們兩個人上學的道路就毫不相干了。

暑假期間他一直沒有露面——整個夏天都沒有見到馬爾克的影子——聽說他在一個專門培養發報員的軍訓營①報了名。無論在布勒森還是在格萊特考浴場都無處尋覓到他的曬斑。由於到聖母院去找他也毫無意義，古塞夫斯基司鐸在暑假期間不可避免地失去了一個最可信賴的彌撒助手。彌撒助手皮倫茨自言自語：沒有馬爾克，就沒有聖餐②。

我們這些留下來的人，有時仍舊索然無味地待在沉船上。霍滕・索恩塔克企圖找到報務艙的入口，結果還是白費力氣。那幾個低年級男生到處傳說在艦橋下面有一個布置得非常精美奇怪的暗艙。一個兩隻眼睛靠得很近、被他那些傻瓜屬下叫作施丟特貝克③的傢伙，不辭辛苦地多次潛入水中。圖拉・波克里弗克的表哥是個又瘦又小的傢伙。他到沉船上來過一兩次，可是從未潛下去過。我不是用思想就是用語言試圖與他談談關於圖拉的事，我對她很感興趣。可是，她表哥也同我一樣深受圖拉頭上那條蓬亂的羊毛頭巾和她身上那股永不消失的木膠氣味之苦——或許是受別的什麼之苦？「這關你屁事！」她表哥對我說——或者他本來打算這說。

圖拉沒有上船，而是一直待在海水浴場。她同霍滕・索恩塔克的關係已經告吹。我雖然和她一塊兒看過兩場電影，但卻沒有任何進展：她可以和任何人一起去看電影。據說，她看上了那個叫施丟特貝克的傢伙，這眞是太不幸了，因爲施丟特貝克似乎更看重我們的這條沉船，一直在設法找到馬爾克的暗艙入口。暑假快結束時，有不少人私下傳說他已經成功地潛入了暗艙，但是卻毫無憑據：他既沒有取出一張被水泡脹的唱片，也沒有帶上來一根霉爛的雪梟羽毛。然而，謠傳仍然不脛而走。兩年半之後，當那個以施丟特貝克爲首的相當神祕的青年團夥被破獲時，有人傳說審案期間他們曾提到我們的沉船以及艦橋下面的暗艙。我那時已經投身軍旅，有關這方面的情況只能從古塞夫斯基司鐸那裡了解一些。他在郵政暢通的情況下一直給我寫信，以表其關懷和愛護之心。他在一九四五年一月——當時俄國軍隊已經逼近埃爾賓④——寫的最後幾封信中，曾談到所謂的撒灰幫⑤對維恩克司鐸主持的聖心教堂進行了一次可恥的襲擊。信裡提到了施丟特貝克這小子的父姓；此外，我還記得信中有關一個三歲孩子⑥的內容：他被這一幫人尊爲護身符和吉祥物。古塞夫斯基司鐸究竟是在最後一封信中，還是在倒數第二封信中提到那艘沉船的，我現在時而確定，時而又懷疑，因爲裝有日記本和乾糧袋的小布包不幸在科特布斯⑦丟失了。那艘沉船在一九四二年暑假之前頗富聲名，而在暑假期間卻失了光彩。由於當時少了馬爾克，我至今還覺得那個夏天十分乏味——沒有馬爾克，就沒有夏天！

不能說我們由於他不在而感到絕望。能夠擺脫他，不必老跟在他的身後，我當然格外高興。可是，我爲何剛一開學就跑到古塞夫斯基司鐸那裡去報名當彌撒助手呢？古塞夫斯基司鐸自然非常高興，那副無框眼鏡後面堆起了笑紋，然而，當我趁著爲他刷罩袍的機會——我們坐在法衣室裡——順便問起約阿希姆・馬爾克時，那副眼鏡後面的笑紋立即被他的嚴肅一掃而光。他用一隻手扶住眼鏡，平靜地說道：「當然，他還像以往那樣盡心盡職，從未誤過主日彌撒，可是，有四個星期他卻跑到什麼軍訓營去了。我決不相信您僅僅是由於馬爾克的緣故才來輔彌撒的。您說對嗎，皮倫茨？」

大約在兩個星期之前，我們接到通知：我哥哥克勞斯下士在庫班河畔⑧陣亡了。於是，我便把他的死說成是再次輔彌撒的理由。古塞夫斯基司鐸似乎聽信了我的話，或者他是努力使自己相信我和我有向上的虔誠之心。

讓我回憶霍滕・索恩塔克或溫特爾的面部細節是很困難的，然而，我卻記得古塞夫斯基司鐸那濃密、粗硬、略有點花白的黑色鬈髮和那使罩袍落滿頭皮屑的頭皮。他的後腦頂部剃得光光的，泛著淡淡的青色⑨。他的身上始終散發出樺木護髮水和棕櫚橄欖油香皂的氣味。他時常用一支雕刻精細的琥珀煙嘴吸東方香菸⑩。他算得上是一個開明的神職人員，常常在法衣室和我們這些彌撒助手以及首次領聖餐的孩子打乒乓球。所有的白色法衣，包括披肩和長袍，他都讓一個叫托爾克米特的女人漿得十分硬挺：要是那老婆婆身體不適，這事兒便交給手腳靈巧的彌撒助手，經常是由我來完成的。無論是臂巾、聖帶⑪，還是衣櫃裡擺著或掛著的十字褡⑫，他都親自繫上了薰衣草香袋。在我大約十三歲的時候，他曾經將那短小無毛的手伸進我的襯衫裡，從頸項向下，一直摸到褲腰處才把手抽了回去，因爲我的運動褲上沒有鬆緊帶。我以前都是用縫在裡面的布帶繫褲子。由於古塞夫斯基司鐸的友善態度和那種常常酷似男孩的氣質已贏得了我的好感，所以我並不很計較他企圖做的動作。直到今天，我想起他的時候，還常在心裡不無善意地嘲笑他。至於他有時並無惡意地、只是爲了探尋我皈依上帝的心靈而順手摸一把的事情，在這裡就毋庸多言了。總的來看，他是一個很普通的神父。儘管他管轄的教區以讀書不多的工人爲主，他還是精心準備了一間閱覽室。他對工作保持著適度的熱情，在信仰方面也有所保留——例如關於聖母昇天的教義——此外，無論談到聖壇的檯布、耶穌的血，還是在法衣室談起乒乓球球技，他都是那樣煞有其事地拉大嗓門，口沫橫飛一番。如果說他有什麼俗氣的地方，那就是他在四十歲出頭時提出改名的申請，不到一年之後他便開始自稱爲古塞溫或古塞溫司鐸，而且還讓別人也這樣稱呼他。當時，把以「基」、「科」、「拉」——例如弗爾梅拉——結尾的波蘭式姓名日耳曼化，是許多人追趕的時髦：列萬多夫斯基變成了倫格尼施；屠戶奧爾探夫斯基先生脫胎成爲奧爾魏因肉鋪老闆；于爾根·庫普卡的父母想改姓東普魯士的姓庫普卡特——可是他的申請不知何故被拒絕了。或許是按照掃羅變爲保羅⑬的模式，古塞夫斯基也想變爲古塞溫，但是在這裡，古塞夫斯基司鐸依然是叫古塞夫斯基，因爲你，約阿希姆·馬爾克沒有改名換姓。

當我在暑假之後第一次去輔早晨彌撒時，我又一次見到了他。彌撒前的祈禱剛剛結束——古塞夫斯基站在使徒書位⑭一邊唸領禱詞——我就在聖母祭壇前的第二排長凳上發現了他。不過，直到朗讀使徒書和吟誦讚美詩之間的空檔，以及此後誦讀福音書的時候，我才有時間端詳他的容貌。他的頭髮仍然像往常那樣從正中向兩邊分開，用糖水加以固定，而且新近又增加了將近一根火柴棒的長度。浸過糖水而顯得十分僵挺的頭髮，猶如陡斜的屋頂蓋在兩側的耳朵上：他幾乎可以代替耶穌顯靈了。他十指交叉，雙手舉到額前，胳膊肘子懸空。在兩手之間的縫隙下面露出了那段完全裸露的、毫無遮掩的頸項。他把襯衣的領子翻在罩衣的領子外面：沒有領帶，沒有流蘇，沒有垂飾——螺絲起子或其他任何一件取自那個收藏豐富的寶庫的東西。空曠的原野上唯一的動物就是那隻跳動不止的老鼠。牠蟄伏在皮膚下面，取代了喉結；牠曾經引來了那隻黑貓，並且誘使我將那隻貓按到他的脖子上。在喉結和下巴頦兒之間的皮膚上還留著幾道已經結痂的抓痕。在唱讚美詩的時候，我險些誤了搖鈴。

在領聖餐的長凳前，馬爾克的舉止並沒有很做作。他把交叉的雙手垂到鎖骨下面，嘴裡發出一股難聞的氣味，似乎他的肚子裡正用文火熬著一鍋甘藍。他一拿到聖餅就玩了個新花樣。到剛剛為止，他一直像每個領聖餐者一樣，默默地從聖餐長凳逕自走回他在第二排的座位。這一次他卻延長了這段路，在退回原位的途中他先是踮著腳緩慢地走到聖母祭壇的正對面，然後雙膝跪下，不是直接跪在亞麻油氈地板上，而是選擇祭壇前的一塊粗毛地毯作為墊子。他將交叉的雙手舉過眉間，舉過頭頂，充滿渴求地一點點伸向那個比眞人稍大的石膏塑像。那位處女中的佼佼者站在泛著銀光的月彎上，懷裡沒有抱孩子，身上那件布滿繁星的普魯士藍色⑮罩袍從肩頭一直披落到踝骨，修長的十指交叉在扁平的胸前，那雙鑲嵌的、略微外凸的玻璃眼珠仰望著前身是體育館的天花板。馬爾克依次抬起兩膝，站了起來，再次將十指交叉舉到翻開的襯衣領口前面，地毯在他的膝蓋處留下了一塊粗糙的紅色圖案。

古塞夫斯基司鐸也注意到了馬爾克這個新發明的每個細節。我當時並沒開口說什麼。彌撒儀式剛完，他像是受到壓抑，急著卸下或分攤某種負擔似的，立刻就情不自禁地談起了馬爾克過分的虔誠和引人注目的舉止，以及長期以來一直困擾著他的擔憂。他說，無論是哪一種內心危機使馬爾克拜倒在聖壇前面，他對聖母瑪利亞的虔誠都接近於異教徒式的偶像崇拜。

馬爾克在法衣室的出口處等著我。我差點驚恐地退入門內，但他已經抓住我的手臂，用從未有過的輕鬆口吻又說又笑。他這個平素沉默寡言的人開始談起天氣：晴朗和煦的秋日，金色的游絲掛滿天空——未等話音落下，他突然將話鋒一轉，還是用那種聊天的口氣說道：「我是自願報的名，可事後不禁搖頭後悔。要知道，我對這些事兒沒有多少興致，我指的是軍隊、戰爭遊戲，以及對尚武精神的大肆渲染。猜猜看是什麼兵種。你肯定猜不出來！現在當空軍沒勁透了。傘兵？豈不讓人好笑！還是我自己說吧，我想上潛艇。你瞧，就是這麼回事。這是唯一還有機會露一手的兵種，儘管我覺得待在那玩意兒裡面多少有些孩子氣。我這個人更喜歡幹一些有實效的或者滑稽可笑的事。你知道，我曾經想當丑角。男孩子什麼都想得出來。我覺得眼下這份差事還算說得過去，別的嘛，也還湊合湊合。咳，學生終究是學生。那會兒我們也眞能胡鬧。你還記得嗎，當時我怎麼也適應不了那玩意兒，總覺得是一種什麼病，其實完全正常。如今，在我認識和見過的人當中，不少人那玩意兒比我的大多了，他們並不因此而大驚小怪。當時是從貓的故事開始的。你還記得咱們躺在海因里希・埃勒斯運動場上的情景嗎？當時大概正在進行一場棒球比賽。我在睡覺或者是迷迷糊糊地半睡半醒，這時過來一隻灰不溜丟的畜生，也許是黑色的，牠盯住我的脖子就撲了上來，要不就是你們當中的一個——我想是席林，他準會幹這事兒——拎起那隻貓……後來嘛，我就游到那邊去了。不，我再也沒有上過沉船。施丟特貝克？聽說過。隨他的便好了。我並沒有把沉船租下來，是不是？有空上我們那兒去玩。」

馬爾克使我成爲整個秋天裡最勤奮的彌撒助手，直到基督降臨節⑯的第三個星期日，我才應邀去他家。基督降臨節之前的很長一段時間，我只能獨自輔彌撒，因爲古塞夫斯基司鐸再也找不到第二個助手了。本來，我準備在基督降臨節的第一個星期日就去馬爾克家，並且給他送些蠟燭，但是蠟燭很晚才「配給」下來，因此馬爾克也就只好等到第二個星期日才能把蠟燭供在聖母祭壇前。他曾經問過我：「你能弄到幾支？古塞夫斯基摳得連一支都不願給人。」我答道：「試試看吧。」我爲他弄到一支在戰時十分稀有、白得像馬鈴薯芽似的長蠟燭，因爲我哥哥是戰亡烈士，所以我家可以領到這類管制商品。我步行來到物資統配局⑰，在出示死亡證明書之後領到了一張配給證。我乘電車來到奧利瓦區的特約商店，可是那裡的蠟燭已經全賣光了。後來我又專門跑去兩次，在基督降臨節的第二個星期日總算可以爲你弄到蠟燭了。正如我所想像和期望的那樣，我在這個星期日終於能夠看見你跪在聖母祭壇前面了。古塞夫斯基和我在基督降臨節期間一直穿著紫色的法衣⑱，可你卻連那條別著碩大別針的圍巾都沒圍——這又是一個新花樣——那件早已去世的火車司機曾穿過的，經過翻新改做的罩衣已經遮不住襯衣，你的脖子從潔白的襯衣領口直挺挺地伸了出來。

基督降臨節的第二個星期日和第三個星期日，馬爾克都在粗糙的地毯上僵直地跪了很長時間，而那天下午我要去拜訪他，希望他能信守諾言，在家等我。他的眼睛連眨都不眨——或許只有當我在聖壇前忙碌時才眨一下——呆滯的目光越過供奉的蠟燭，盯著聖母的肚皮。他的雙手形成了一個陡斜的屋頂，舉在額頭和思想中的大腦前面，交叉的拇指沒有觸到額頭。

我想：今天我要去。我要去看看他。我要仔仔細細地看看他。我一定要去。那兒肯定有點什麼名堂——再說他也邀請過我。

東街很短，一幢幢獨門小院，空盪盪的籬笆靠在粉刷粗糙的山牆上，人行道上整齊地種著一排排樹木——菩提樹下的木樁一年前就丟光了，儘管它們一直還需要支撐——眼前的景象使我既掃興又厭倦，儘管我們西街也是這副模樣，充斥著同樣的味道，瀰漫著同樣的氣息，同樣用那些里里普特⑲式花園年復一年地打發歲月。直到今天，每當我離開科爾平之家——這並非常事——到機場和城北公墓之間的施托庫姆或洛豪森去看望舊友，必須穿越許多幾乎同樣令人掃興和厭倦的住宅區街道，挨著一塊塊門牌、一棵棵菩提樹走下去時，我始終感覺自己在朝著馬爾克的母親，朝著馬爾克的姨媽，朝著你，偉大的馬爾克走去。花園的小門上掛著小鈴，抬腳跨過去，只見一簇簇包著稻草的薔薇在無雪的寒冬中耷拉著腦袋。花壇裡沒有種花草，而是用完整的和破碎的波羅的海貝殼鑲嵌出各色圖案。一隻家兔大小的陶瓷雨蛙蹲在一塊風化的大理石板上，翻起來的泥土環繞著這塊石板，有的地方堆了一些酥鬆或乾硬的泥土。園門和屋前的三級缸磚臺階之間有一條狹窄的小路，要把沉思中的我引向那扇赭石色的半圓拱式大門。小路另一側的花壇中，同雨蛙一般高的石基上立著一根近乎垂直的、約莫一人高的木樁，上面掛著一個好像山區牧場小屋似的鳥籠：我在兩塊花壇之間走了七、八步，籠裡的麻雀卻只顧專心吃食。人們本來以爲，住宅區的氣味本該與季節的變化相符，或清新，或純淨，或帶有沙土味。可是，在當時那個戰爭年代裡，東街也好，西街也好，熊街也好，不，整個朗富爾區，整個西普魯士，甚至整個德國，都散發著洋蔥味，散發著那種用人造奶油炸過的洋蔥味。我不想武斷地說，那是煮在飯裡的或是剛切開的洋蔥氣味。實際上，當時洋蔥非常短缺，幾乎哪兒都弄不到。因爲戈林元帥曾在廣播電臺裡提到洋蔥匱乏的狀況，於是，利用他的講話編成的笑料便在朗富爾區、西普魯士和德國各地流傳起來。我現在眞該把打字機的外殼塗上一層洋蔥汁，讓它也像我當初一樣，體會一下那些年裡污染整個德國、西普魯士、朗富爾區、東街、西街，並且袪除了瀰漫於各地的屍臭的洋蔥味。

我一步跨上三級缸磚臺階，伸手正要握住門把，門卻從裡面拉開了。馬爾克穿著一雙氈鞋站在門裡，襯衣的領子翻在外面。看樣子他剛剛將中分頭梳理了一番。一縷縷色澤既不算光亮也不算灰暗的長髮僵直而均勻地從中縫梳向斜後方，髮型保持得很好；然而，當我一小時後準備離開時，他的頭髮已經披散下來，伴隨著他的話音在通紅的耳朵上抖動不已。

我們坐在通向後院的起居室裡，光線從玻璃陽臺射進屋裡。點心是按照戰爭時期的配方製作的馬鈴薯餅乾，吃起來玫瑰香味很衝，使人不禁想起杏仁糖果的味道。點心旁邊放著自製的糖水李子，味道普遍。這些李子是當年秋天在馬爾克家的花園裡結的——透過陽臺左側的玻璃窗可以看到一株葉子落光了的李子樹，樹幹上塗了一層白石灰。我坐的位置正好面對室外，馬爾克則背朝陽臺，面對著我坐在桌子較窄的那一頭。馬爾克的姨媽坐在我的左邊，側面射進的光線使她那頭灰白的鬈髮泛著銀光；馬爾克的母親坐在光線最充足的右側，她的頭髮梳得較緊，所以顯得並不怎麼光亮。儘管房間裡已經很暖和了，馬爾克的耳輪、耳輪四周的細髮，以及顫動著的一綹綹長髮的髮尖，還是勾畫出了冬日的寒光。他那寬大的翻領的上部白得耀眼，越往下越顯得發灰：馬爾克的脖子平平地躲在陰影裡。

這兩個腰身粗大的女人生在鄉下，長在鄉下，一雙手總是不知道放在哪裡好，她倆你一言我一句地總有說不完的話。即使是在和我打招呼和詢問我母親的身體情況時，她們也始終朝著約阿希姆・馬爾克。她們通過擔任翻譯的他向我表示哀悼：「唉，想不到你兄弟克勞斯也蒙遭不幸了。我們和他雖然只是見過面，可也知道他是個好小伙子。」

馬爾克語氣和緩、堅定不移地控制著話題。過分涉及個人隱私的問題——在我父親從希臘寄回戰地軍郵的那段時間裡，我母親和一些軍人關係曖昧——諸如這一類問題，馬爾克總設法干涉：「算了吧，姨媽。在這種亂烘烘的年代，誰會管這種事呀。媽媽，這事與你無關。要是爸爸還健在，他準會覺得失面子，而且絕不會允許你這樣議論別人。」

兩個女人聽從了他的話，或者應該說聽從了那個死去的火車司機，因爲每當姨媽和母親多嘴多舌的時候，他就會委婉地提起他，讓她們在亡靈面前保持安靜。在聊起前線形勢的時候——她倆搞不清哪裡是俄國戰場，哪裡是北非戰場，竟然把阿拉曼⑳和亞速海㉑混爲一談——馬爾克總是用平和的語調解釋正確的地理方位，從不發火：「不，姨媽，這場海戰發生在瓜達卡納島㉒，不是在卡瑞利亞㉓。」

然而，他姨媽開的這個頭倒引起我們對參與瓜達卡納島海戰和在戰鬥中被擊沉的美、日航空母艦發生了濃厚興趣。馬爾克認爲，一九三九年開始建造的「大黃蜂」號和「馬蜂」號是與「巡邏兵」號噸位相近的兩艘航空母艦，它們現在恐怕已在服役，並且參加了這次海戰，因爲若不是「薩拉托加」號就是「勒星頓」號，或許兩艘一起從艦隊名册上被剔除了。關於日本兩艘最大的航空母艦「赤木」號和航速很慢的「加賀」號，我們所知甚少。馬爾克提出一個大膽的設想。他說，今後的海戰將只是航空母艦的事，因爲從現今的眼光來看，製造戰列艦不太合算，假如將來再一次爆發戰爭，最有前途的是速度很快的輕型艦艇和航空母艦。他又補充了一些細節，使兩個女人大爲吃驚。當馬爾克一連串地報出許多義大利輕巡洋艦的艦名時，他的姨媽興奮得如少女一般，用那雙乾瘦的大手使勁鼓起掌來。待掌聲落下，房間裡又寂靜如初，她尷尬地撓了撓頭髮。

沒有人提到霍爾斯特・韋塞爾中學。我還記得，馬爾克在站起身的時候笑嘻嘻地提起了他淵源久遠的脖子歷史，這是他自己的說法——他母親和姨媽也跟著笑了起來——而且還敍述了當初的貓的故事：但這一回故事情節是于爾根・庫普卡把那個畜生按在他的脖子上的。我眞想知道究竟是誰編造了這個故事。是他？是我？還是在這裡執筆爲文的人？

我清楚地記得：當我準備和這兩個女人告別時，他母親塞給我兩塊包在紙裡的馬鈴薯餅乾。在走廊上，靠在通往閣樓的梯子旁，馬爾克指給我看一幀掛在放刷子的袋子旁邊的照片。一輛隸屬於前波蘭鐵路局、掛著煤水車廂、相當現代化的火車頭——上面有兩處出現PKP㉔的標誌——占滿了照片的整個畫面。火車頭的前面站著兩個兩臂交叉的男人，雖然個頭不高，但卻威風凜凜。偉大的馬爾克說：「這是我父親和司爐拉布達一九三四年在迪爾紹㉕附近遇難前不久拍的照片。由於我父親避免了一場惡性事故，他死後被追授了一枚獎章。」

①希特勒青年團對青年進行戰前訓練的軍營。
②這是模仿利口酒廣告「沒有邁耶爾酒，就沒有喜慶」。下文中的「沒有馬爾克，就沒有夏天」亦同。
③施丟特貝克是十四世紀末、十五世紀初一個在波羅的海和北海一帶活動的海盜組織的頭目。
④距但澤東南五十公里的海港城市，戰後劃歸波蘭，現名為埃爾布拉格。
⑤一九四二年以後在德國大城市出現的許多地下青年組織之一。
⑥指《錫鼓》中的主人翁奧斯卡・馬策拉特。
⑦本書作者一九四五年四月二十日曾在科特布斯負傷。
⑧庫班河發源於高加索山脈，流入亞速海。德、俄國軍曾在庫班半島激戰。
⑨天主教神職人員均將頭頂剃光，作為識別記號。
⑩即淡味型香菸，其原料主要產自羅馬尼亞、埃及和土耳其等國。

⑪神職人員掛在左臂上，有裝飾作用的聖巾，稱作臂巾；交叉在胸前印有十字架圖案的長條帶，稱作聖帶。
⑫神父行彌撒或聖餐禮時穿的寬大的無袖長袍。
⑬保羅，基督教《聖經》故事人物，原名掃羅，後易名為保羅，在羅馬被尼祿皇帝處死。
⑭天主教舉行禮拜儀式時，主禮人和輔禮人通常站在聖壇前的左側朗讀使徒書，站在右側朗讀福音書，因此聖壇的左側被稱作使徒書位。
⑮一種深藍色。
⑯基督教節日，自聖誕節前第四個星期日至聖誕節。
⑰戰爭時期專門負責分配日用品和手工業原料的國家管理部門。
⑱天主教神職人員在基督降臨節和大齋節期間，一律身穿紫色衣袍，以表示對上帝的懺悔。
⑲里里普特是英國作家斯威夫特小說《格列佛遊記》中的小人國國名。
⑳埃及北部城鎮。一九四二年，隆美爾的非洲軍團在此受到英軍的阻遏。
㉑蘇聯歐洲部分邊海，一九四一年至一九四二年，德、俄兩軍曾在克里米亞半島進行激烈戰鬥。
㉒西南太平洋島國，所羅門群島最大的島嶼。一九四二年至一九四三年，日軍在此遭到美軍沉重打擊。
㉓指位於芬蘭灣和蘇聯拉多加湖之間的西卡瑞利亞地區。蘇芬戰爭和第二次世界大戰期間曾長期爭奪此地。
㉔波蘭鐵路局的波蘭文縮寫。
㉕波蘭城鎮，位於但澤東南約三十公里處。

第十章

新年①伊始，我原打算開始上小提琴課——我哥哥留下了一把小提琴——然而我們卻被編入了防空服務團②。儘管阿爾班神父至今還勁頭十足地勸我去學小提琴，可如今顯然已爲時太晚。他還常常鼓勵我寫出貓與鼠的故事：「親愛的皮倫茨，您靜心坐下，放心寫吧。從您第一批具有卡夫卡風格的詩作和短篇故事來看，您的文筆還是別具匠心的：無論操琴練藝還是執筆創作，上帝經過深思熟慮定會賦予您足夠的天分。」

我們被編入海濱砲兵連，住進了布勒森、格萊特考砲兵訓練營地。營地前面是沙丘、隨風搖曳的燕麥和一條礫石鋪成的小路。我們住的棚屋瀰漫著焦油、臭襪子和大葉藻床墊的氣味。談起防空服務員，即穿軍裝的中學生的日常生活，總有說不完的故事。他們每天上午聽白髮蒼蒼的老師用一般的方法講課，下午背誦砲手的操作口令和彈體的運動祕訣。然而，這裡要講的既不是我的故事，也不是霍滕・索恩塔克幼稚可笑的故事，更不是關於席林的乏味透頂的故事——這裡要講的只能是你；約阿希姆・馬爾克從未當過防空服務員。

同時在布勒森、格萊特考海濱砲兵營地受訓的還有霍爾斯特•韋塞爾中學的學生。他們無意中爲我們提供了新的素材，但卻並未同我們就貓與鼠的話題展開進一步的交談。「聖誕節一過，他就應徵加入了青年義務勞動軍③。學校爲他提前辦理了畢業證書，其實，他從來就不擔心考試的事。他要比我們老練多了。據說，他們那支分隊駐紮在圖赫爾荒原④，恐怕是在挖泥炭吧。那兒一定發生了不少事兒，游擊隊出沒的地方嘛。」

二月，我去奧利瓦區的空軍野戰醫院探望埃施，他因鎖骨骨折住進了醫院。他想抽菸，我給他帶了一些；他則回敬給我又黏又稠的利口酒。我在醫院沒待多久。在開往格萊特考電車站的路上，我繞道去了一趟宮廷花園，想瞧瞧那些奇妙而古老的回音岩洞是否還在。它們依然如故。正在養傷的山地步兵正和女護士們進行實地試驗：他們趴在多孔的山石兩側悄悄地說，哧哧地笑。我找不到任何人一起說說悄悄話，只好心情憂鬱地走上一條兩邊長滿樹木的小路。密密匝匝的枝杈布滿小路的上方，使它看來有些像隧道；樹上沒有葉子，也看不見鳥兒。小路從宮廷池塘和回音岩洞逕身通向措波特大道。它的前方越來越窄，不禁令人擔憂。兩個女護士朝我迎面走來，身後領著一個樂呵呵的瘸腿少尉。接著過來兩位老奶奶和一個約莫三歲的男孩⑤；小男孩不願與老奶奶們囉嗦，胸前掛著一只兒童玩具鼓，但是卻並未敲它。最後，在灰濛濛、光禿禿的樹杈隧道盡頭出現了一個身影，而且越來越大：我碰上了馬爾克。

不期而遇使我們雙方都很尷尬。在這條樹杈亂蓬蓬地伸向天空、沒有岔道兒可尋的花園小徑上面對面地走近，不禁使人產生一種莊嚴的壓迫感。那位法國園藝設計師的命運和洛可可藝術想像力把我們引向一處——直到今天，我一直迴避那些根據善良的老勒諾特爾⑥的想法所設計、找不到出口的宮廷花園。

當然，我們立即就找到了話題。說話時，我一直盯著他的帽子。馬爾克戴的是和其他人一樣的青年義務勞動軍制服帽。這種帽子實在醜得出奇：帽頂不成比例地高高聳立在帽簷上，通體都是那種風乾的排泄物的顏色，雖然帽頂凹處的形狀同禮帽相似，但兩處隆起的地方靠得太近，以至於擠出一道有彈性的褶子，無怪乎青年義務勞動軍的制服帽得到了一個雅號：帶把手的屁股。這種帽子扣在馬爾克的腦袋上顯得尤其滑稽。儘管他參加青年義務勞動軍之後不得不放棄留中分頭，但他頭上的分道卻因此高出了一截。我倆好似剝去了遮身之物，面對面地站在荊棘叢中。那個小淘氣這會兒咚咚咚地敲著兒童錫鼓轉了回來——老奶奶不見了——他繞著我們走了一個很有魅力的弧形，然後隨著重重的鼓點走向林蔭小徑的盡頭。

在我們倉促分手之前，我還向他問了一些諸如圖赫爾荒原的游擊戰、青年義務勞動軍的伙食、他們附近是否駐紮著少女義務勞動軍等情況，馬爾克只是漫不經心地回答了幾句。我還想知道，他來奧利瓦區幹什麼，是不是已去看過古塞夫斯基司鐸。他告訴我，他們那裡的伙食還算說得過去，但沒有聽說附近有少女義務勞動軍。他認爲關於游擊戰的傳說被吹噓得有些過分，但也絕非捕風捉影。這次他是受中尉分隊長的委派來奧利瓦區搞一些補給品，出兩天公差。「今天的晨禱結束之後，我和古塞夫斯基談了幾句。」他做了一個表明心情不愉快的手勢，繼續說，「他還是老樣子，隨他去吧！」我們開始移動腳步，兩人之間的距離越來越大。

不，我沒有回頭看他。不相信嗎？但是，「馬爾克沒有回頭看我」這句話倒是毋庸置疑的。我的的確確曾經多次回頭張望，因爲再也沒有人迎面走來，使我得到幫助，就連那個咚咚咚地敲著玩具鼓的小淘氣也不知上哪兒去了。

後來，我有好長時間沒有見到你，推算一下總有一年多吧。不過，無論當時還是現在，沒有見到你絕不意味著我會忘記你和你所努力爭取的對稱性。再說，我也總會留心一些與你有關的痕跡：倘若我看到一隻貓，無論牠是灰的、黑的，還是花的，我眼前立即又會出現那隻老鼠。然而，我一直猶豫不決，拿不定主意應該去保護這隻小老鼠呢，還是唆使那隻貓去捉老鼠。

我們在海濱砲兵連一直住到夏天，經常沒完沒了地比賽手球。在家屬前來探望的星期日，我們和常來的那幾個女孩以及她們的姊妹們，在海邊沙丘的草叢裡或老練或笨拙地滾來滾去。

我每次總是一無所獲，直到今天我還是沒有去掉這種優柔寡斷、自慚形穢的弱點。還有什麼事呢？分發薄荷糖，進行性病常識教育，上午講授《赫爾曼與多羅特婭》⑦，下午操練九八式卡賓槍⑧，書信往來，四味果醬，歌詠比賽……我們還在工作之餘游到我們的沉船上去，在那裡經常可以遇到一夥一夥逐漸長大了的低年級男生。我們之間少不了鬧點情緒。在往回游的時候，我們怎麼也弄不明白，究竟是什麼使我們整整三個夏天都迷戀著那條布滿鳥糞的破船。後來，我們被安排到佩隆肯區的八十八公釐高射砲連，不久又調往齊罔肯貝格區砲兵連。當時曾經有過三、四次空襲警報，我們這連還打下了一架四引擎轟炸機。然而，從連部文書室開始，一連幾個星期都有人堅持說敵機是碰巧擊中的──此間，我們繼續吃著糖，討論《赫爾曼與多羅特婭》，練習如何行軍禮。

霍滕．索恩塔克和埃施比我早加入青年義務勞動軍，他倆都是自願報的名。我在加入哪個兵種的問題上始終猶豫不決，因而耽誤了報名。一九四四年二月，我和班上的大多數同學一道在臨時教室裡參加了相當正規的畢業考試，之後很快就收到了參加青年義務勞動軍的通知。我這時已經離開了防空服務團，並有整整兩個星期的空閒。我想在領取中學畢業證書之外再做點別的什麼事情。我自然首先是去找圖拉．波克里弗克，她已經十六、七歲，只要是男的，她幾乎來者不拒。但是，我運氣不佳，甚至就連霍滕．索恩塔克的妹妹也沒弄到手。

我懷著頹喪的心情——一個表妹的來信使心情略有緩和，她們家因遭飛機轟炸遷居西里西亞——到古塞夫斯基司鐸那裡辭行，並且答應從前線休假回來時爲他輔彌撒。臨別之前，他送給我一本新版《紹特》⑨和一尊小巧玲瓏的銅質耶穌受難像——贈給信奉天主教的應徵者的特製品。在回家的路上，我在熊街和東街的交叉路口碰上了馬爾克的姨媽。她在大街上總是戴著一副鏡片很厚的眼鏡，誰也甭想躲過她的眼睛。

沒等我們互相問候，她就像鄉下人似的天南地北、喋喋不休地嘮叨開了。倘若有行人走近，她就抓住我的肩膀，將嘴巴湊近我的一隻耳朵。熱烈的話語伴隨著柔風細雨。她一開始談的淨是些無關緊要的事，譬如採購經歷：「從前憑證供應的東西，如今也買不到了。」我從她那裡得知：洋蔥又缺貨了，在馬策拉特那裡還能搞到紅糖和大麥楂兒⑩，奧爾魏因肉鋪還有一些油炸豬肉罐頭——「全是純豬肉的」。雖然我並未提示一個字，她最後還是言歸正傳了：「這孩子現在挺不錯。雖然他在信裡沒這麼寫，但也從未抱怨過什麼。他簡直就跟他爹，也就是我那個妹夫一模一樣。他現在到了坦克兵部隊，在那兒可比當步兵好多了，就是颳風下雨也不打緊。」

她的低聲細語鑽進我的耳朵。我得知了馬爾克的新發明——他像小學生似的在每一封寄自前線的書信簽名下面亂塗了一些圖畫。

「他小時候從沒畫過畫，進了學校才學了點水彩畫。我口袋裡裝著他最近的一封來信，這不，都被揉皺了。您知道嗎?皮倫茨先生，好多人都惦記著他呢。」

馬爾克的姨媽說著說著，便將馬爾克從前線寫來的那封信塞給了我：「您讀讀吧。」可是，我沒有讀。信紙捏在我沒戴手套的手指之間。從馬克斯•哈爾伯廣場颳來一股旋風，呼號不止，勢不可擋。我的心頓時像鞋跟跺地一樣狂跳起來，簡直都能將門踹開。七個兄弟⑪紛紛在我心裡開了腔，但沒有一個願意把說的話記下來。雖然雪花飛揚，而且那張灰褐色的信紙質地很差，但信的字跡卻清晰可辨。坦白說，我當時立刻就明白了是怎麼回事，可我只是兩眼直愣愣地出神，並不想去看看信裡到底寫了些什麼。沒等我將那張沙沙作響的信紙拿到眼前，我就已經知道馬爾克又在大顯身手了：在整潔的聚特林字體⑫下面，歪七扭八的線條組成了一幅素描。十三、四個不同大小、扁扁平平的圓圈排成一行，因缺少底線顯得不太整齊；每個圓圈上面有一個乳房似的鼓包，從鼓包又伸出一根約有拇指指甲長短的小棍，聳立在圓圈上方並向信紙的左上角揚起。這些坦克——儘管這些素描十分拙劣，我還是一眼就認出這是蘇式 T34 型坦克⑬——差不多都在砲塔和車體之間有個小小的標記：標明中彈部位的小叉兒。畫者考慮到看這幅素描的人當中恐怕會有些反應遲鈍者，因此還在這十四輛——總數大約如此——用鉛筆繪製的 T34 型坦克上，又用藍色鉛筆醒目地打上了超出坦克尺寸的大叉兒。

我自鳴得意地告訴馬爾克的姨媽，信上畫的顯然是被約阿希姆擊中的坦克。馬爾克的姨媽聽罷絲毫不顯得吃驚，大概已經有不少人告訴過她了。她不明白的是，坦克的數目爲何時多時少，有一封信裡只畫了八輛坦克，而在前一封信裡竟有二十七輛之多。

「說怪也不怪，眼下郵局送信也總是這樣沒個準兒。皮倫茨先生，您眞該看看我們的約阿希姆寫了點什麼。他在信裡還提到了您，談到白蠟燭的事——我們現在倒是弄到了一些。」我斜著眼睛迅速瀏覽了一下那封信：馬爾克流露出深深的關切之情，探問了母親和姨媽的身體情況，特別問到靜脈曲張和腰背疼痛——信的內容大都涉及這兩個女人。他還想了解一下花園的情況：「那棵李子樹今年還是結了那麼多果實嗎？我的仙人掌長得如何？」關於他自認爲緊張又責任重大的公務，信中僅寥寥提到幾句：「我們當然也有損失，但是聖母瑪利亞會永遠保佑我的。」接著，他委託母親和姨媽代他請求古塞夫斯基司鐸在聖母祭壇前供上一根或者——假如可能的話——兩根蠟燭：「也許皮倫茨能搞到，他們家有配給證。」他還請求她們向聖母瑪利亞的二等親侄、聖猶大・達太⑭——馬爾克十分熟悉神聖家庭的譜系——祈禱，並爲他不幸故去的父親做一次彌撒，「他沒有塗抹聖油就離開了我們」。在信的最後他又提到一些瑣事，其中描寫地方風情的文字實在平淡無味：「你們很難想像這裡的一切是多麼糟糕。大人和孩子貧窮可憐。沒有電燈，沒有自來水。有時人們不禁要問戰爭的意義究竟何在——然而，一切也許只能如此。如果你們有興致，又遇上好天氣的話，不妨乘電車去一趟布勒森——一定得穿暖和些——你們看看，在海港入口的左側，距離岸邊不太遠的地方是不是還能望到一條沉船的艦橋。以前那兒曾躺著一條沉船，用肉眼就可以看見。姨媽不是有一副眼鏡嗎？我真想知道，它是不是還……」

我對馬爾克的姨媽說：「您根本用不著去，那條沉船一直還躺在老地方。您要是再給約阿希姆去信，請代我向他問好。讓他放心，這裡一切如故，沉船不會輕易就被人偷走的。」

縱然席紹造船廠把它偷走了，換句話說，即使這家造船廠將它打撈上來，當作廢鐵處理或翻修更新，難道你就算得救了嗎？難道你就會停止在前線來信上像孩子似的畫出蘇式坦克，再用藍色鉛筆打上叉嗎？誰會把聖母瑪利亞當作廢品處理掉呢？誰又會施展魔法，將那所歷史悠久的完全中學變成鳥食呢？貓與鼠的故事將如何延續？世上的故事會不會有個結束？

---

①指一九四三年。

②戰時為防空砲兵陣地服務的學生組織。

③德國納粹當局要求十八歲至二十五歲的青年參加為期半年的義務勞動，這批青年被稱為青年義務勞動軍。

④圖赫爾荒原位於但澤西南九十公里處。戰爭初期，這裡曾是波蘭抵抗組織頻繁活動的地區。

⑤指《錫鼓》中的奧斯卡·馬策拉特。

⑥勒諾特爾（一六一三～一七〇〇），法國園藝設計師，曾設計了凡爾賽、聖熱爾曼和楓丹白露的園林。

⑦《赫爾曼與多羅特婭》（一七九八）是歌德的一部愛情長詩。

⑧九八式卡賓槍，一種能自動退殼和連續射擊的長槍。

⑨紹特（一八四三～一八九六），德國天主教本篤會修士，曾編撰了一本流傳很廣的《天主教彌撒書》，俗稱《紹特》。

⑩在小說《錫鼓》中，馬策拉特家曾幹過販賣殖民地出產的農副產品的行當。

⑪隱指格林兄弟的童話《七隻烏鴉》。七個兄弟全部變成了烏鴉，他們的小妹妹走遍天下，終於在神奇的水晶山將他們救了出來。

⑫聚特林字體是德國版畫家聚特林（一八六五～一九一七）發明的一種書寫字體，自一九一五年起在德語國家的中小學裡教習。

⑬T34型坦克，俄軍在第二次世界大戰中主要使用的一種坦克。

⑭聖猶大·達太，耶穌的十二使徒之一，與出賣耶穌的加略人猶大不是同一個人。

第十一章

馬爾克塗畫的東西一直在我眼前晃動。我又在家裡待了三、四天。我母親和托特集團①的一個營建主任舊情不斷——也許她還打算繼續爲那個患有胃病的施蒂威中尉提供那種有益的無鹽食物——任何一個男人來到我家都毫不拘束嚴謹，腳上趿拉著我父親那雙穿壞了的拖鞋，絲毫也不理會它所象徵的意義。母親懷著願亡者永享極樂的恬適心情，穿著喪服手腳俐落地從一個房間跑到另一個房間；她不僅穿著這套合身的黑色喪服上街，而且還以這身打扮穿梭於廚房和起居室之間。爲了紀念我那陣亡的哥哥，她在食品櫃上像布置祭壇似的放了一些祭品。頭一樣是哥哥當下士時的免冠證件照片，經過放大，他的形象已經模糊難辨；其次是兩張鑲在黑邊鏡框裡的訃告，它們分別剪自《前哨報》②和《每日新聞》③；第三樣是一綑用黑色絲帶繫在一起的前線來信，這綑信件連同壓在上面的第四樣祭品——一枚二級鐵十字勳章和一枚克里米亞戰役紀念章——一起擺在鏡框的左側；第五樣是哥哥的小提琴和琴弓，以及壓在下面、寫得密密麻麻的樂譜——他曾經多次潛心練習小提琴奏鳴曲——它們放在鏡框的右側，與那綑信件構成了均勢。

我幾乎不認識我的哥哥克勞斯，如果說我現在偶爾還會想起他的話，那麼我當初對食品櫃上的祭壇則更是心懷妒忌。我總想像著自己的放大照片也鑲進了黑邊鏡框。每當我獨自待在客廳時，哥哥的祭壇總讓人百看不厭。我常常懷著委屈的心情啃自己的指甲。

一天上午，那個中尉躺在沙發上，雙手捣著胃部，我母親在廚房忙著無鹽的燕麥糊，這時，我的右手不知不覺地攥成了拳頭，差點毫不含糊地將照片、訃告，甚至那把提琴砸個稀爛。那天正巧是我出發去青年義務勞動軍的日子，因此避免了一場直到今天和今後若干年中都隨時可能發生的演出：演員正是庫班河畔的陣亡者、站在食品櫃旁的母親和我——一個十足的優柔寡斷的人。我拎起我的人造革皮箱上了路，途經貝倫特，來到了科尼茨。在三個月的時間裡，我有機會充分認識一下位於奧舍和雷茲之間的圖赫爾荒原。戶外飛沙走石。這裡是昆蟲愛好者的春天。歐洲刺柏隨風搖曳。我們的主要活動是鑽灌木叢和確定射擊目標：左邊第四棵小松樹後面插著兩個「紙板兄弟」④，它們是射擊的目標。白樺樹的上空飄著美麗的白雲，蝴蝶翩翩起舞，不知飛往何方。沼澤地裡有一些烏黑賊亮的圓形水窪，用手榴彈可以炸到鯽魚和鯉魚。大自然裡充滿著火藥味。圖赫爾也有電影院。

暫且撇開白樺樹、白雲和鯽魚，先來說說青年義務勞動軍的這支分隊吧。我們的臨時木板房舍掩映在一片樹林之中，前邊矗立著一根旗杆，周圍是幾排防彈壕，木板搭的教室旁邊有一間茅房。我之所以像講解沙盤一樣地介紹地形，是因爲在我來此之前一年——那時溫特爾、于爾根・庫普卡和班澤默爾還沒來這兒——偉大的馬爾克便在這片臨時木板房舍區穿上了斜紋布勞動服和大頭皮靴，並且在茅廁裡留下了他的大名。這是一個用木板隔開、沒有頂蓋的茅廁。幾棵奇形怪狀的松樹在上方沙沙作響，四周長滿了金雀花。在磨得發亮的支撐樑對面的松木板上刻著——準確地說是用指甲摳出來的——那個由兩個音節組成的姓⑤，下面是一行漂亮的拉丁文，字母全都沒有曲線，很像古日耳曼文字⑥。這是他最喜歡的一首讚美詩的開頭：「母親兩眼噙淚站在……」方濟會修士雅各波內・達・托迪⑦倘若再生，恐怕會爲之深深感動的。在青年義務勞動軍裡我仍然無法擺脫馬爾克。每當我需要減輕身上負擔時——在我的身後和身下堆滿了同級生排泄的，孳生無數蛆蟲的東西——你便在我的眼前活動起來：任憑我吹口哨，想別的事情，那一個個吃力摳出來的字母還是一遍又一遍大聲地提醒我想起馬爾克和聖母瑪利亞。

我十分清楚，馬爾克並不想開玩笑，他也不會開玩笑，儘管他曾經試過幾次。他的一舉一動、一言一行都使人感到莊嚴肅穆，意味深長，好似要爲後人留下一座紀念碑。例如，他在奧舍和雷茲之間的青年義務勞動軍北圖赫爾分隊的茅廁裡的松木板上摳出了一行楔形文字。

茅廁的木頭隔板上從上到下刻寫和塗抹了許多滑稽有趣、污七八糟的淫詞穢語，使這裡的氣氛大爲活躍。然而，無論是酒足飯飽之後的格言警句，還是香詩艷詞和粗俗變形的解剖圖，統統敵不過馬爾克的文字。

由於馬爾克恰到好處地在最隱蔽的地方摘錄了那段文字，我當時差點被潛移默化，變得虔誠起來。假如眞能那樣，我現在就不必怏怏不樂地去科爾平之家參加一項報酬不高的救濟工作，不會希冀著在拿撒勒⑧發現早期共產主義，在烏克蘭的集體農莊發現晚期基督教；我將徹底擺脫與阿爾班神父的徹夜長談，再也不去研究祈禱在多大程度上能夠彌補褻瀆神靈的行爲；我會信教，篤信任何一種學說，例如，人的肉體的復活。但是，當我被派到分隊伙房劈柴時，我卻用斧頭把馬爾克喜歡的那首讚美詩從松木板上砍了下來。你的名字也隨之煙消雲散。

古老的童話傳說帶有一些無法消除的痕跡，具有一種駭人的、道德的、超自然的力量。因此，毛毛糙糙的、露出新鮮木質纖維的地方要比先前摳出來的文字更富有表現力。你的標誌一定也隨著砍下來的木屑增加了無數倍，在這支分隊，在伙房、盥洗室和更衣室流傳著各式各樣的故事。到了星期日，當大家無聊到開始數蒼蠅時，故事講得尤爲起勁。這些故事講的都是一個名叫馬爾克的義務勞動軍戰士，他想必是偷了什麼要緊的東西，於是在一年前來到北圖赫爾分隊服役。主要情節總是那麼一套，但細枝末節卻不斷翻新。炊事長、服裝管理員和兩名卡車司機是這裡的元老，多次調動都沒輪到他們頭上。關於馬爾克，他們講得大同小異：「他剛到這兒時是那麼一副模樣，頭髮一直長到這兒。理髮員只好先給他剪。可是仍然無濟於事：一對招風耳就像兩個大漏勺，還有他那個喉結，嗬，眞是夠了！另外，他還有一個——那可是他身上最夠味兒的玩意兒。當時，我這個服裝管理員奉命把這夥姍姍來遲的新兵送到圖赫爾滅虱站⑨。當他們全部站到蓮蓬頭下面時，我無意中望了一眼，先沒看眞切，再定睛一看，不禁對自己暗暗說道，你可千萬不要妒忌啊。悄悄告訴你們吧，他的小尾巴就像一根鞭子，要是來了勁兒可不是好對付的。至少他把分隊長的老婆，也就是那個四十歲出頭、騷勁十足的女人從前到後地折騰了一通。這件事全都是因爲分隊長這頭蠢驢——他後來被派到法國去了，是個愛吹牛皮的傢伙——讓馬爾克到他家去蓋兔籠引起的，就是青年義務勞動軍『元首住宅區』⑩從左邊數來的第二棟房子。聽說，馬爾克起初說什麼也不肯，但他沒有粗魯無禮，而是既平靜又客觀地援引了工作守則的有關規定。儘管如此，他還是被分隊長親自……他嚇得屁滾尿流，然後不得不去茅廁幹了兩天：分離蜂蜜⑪。大夥兒都不讓他進盥洗室，我就用澆花的長橡皮管站得遠遠地對他噴水。最後他終於讓步，帶著工具和幾塊木板上那兒去了。他可絕不是衝著小白兔去的！那老娘兒這一下當然上了癮，連著一星期讓馬爾克在她的花園裡幹活。馬爾克一早就哆哆嗦嗦地前去領命，直到晚點名時才回來。那個兔籠搭了又拆，拆了又搭，分隊長大概有些犯疑。我也不知道那老娘兒再次仰面朝天時——或在地板上，或在餐桌上，就像爸爸和媽媽在家裡的彈簧床上那樣——是否讓丈夫給逮到過。

反正當他看到馬爾克那桿大槍時，頓時驚訝得目瞪口呆了。他在分隊裡從未動過肝火，這是他的本事。後來，他經常把馬爾克支使到奧利瓦區和奧克斯霍夫特⑫去領配給，好讓這頭公牛遠離這支分隊。因爲那個老娘兒可惦記著馬爾克呢，絕不能讓他倆再玩那套把戲。直到今天，從分隊文書室還傳出他倆互相通信的謠言。後來的名堂就更多了，這可不是誰都能料到的。有一次，還是這個馬爾克——我當時也在場——在大比斯拉夫⑬獨自一人發現了游擊隊的一個地下儲藏室。這也是一個非常精彩的故事。說起來，那個水塘同這兒常見的一樣，毫無特別之處。當時，我們正在那個地區執行一次半演習半實戰性的任務。我們在那個水塘旁邊埋伏了近半個小時，馬爾克目不轉睛地盯著水塘，說了一聲，稍等一下，這兒有點不太對頭。我們那位少尉，他叫什麼來著？反正他當時冷笑了幾聲，我們也覺得很好笑，誰也沒去管他。馬爾克立即扒掉那身破衣服，跳進了水塘。你們猜怎麼著？他第四次下去時，在那黃褐色的泥湯中間不到五十公分深的地方，找到了一個十分現代化的地下倉庫的入口，而且備有可以自動升降的液壓裝卸設備。我們裝了滿滿四卡車的東西。這一下分隊長不得不集合分隊全體人員，當衆嘉獎了馬爾克。分隊長甚至給他頒發了一枚勳章，儘管他和那個老娘兒私通。後來，他被派去服兵役，到了那兒以後，他提出要上坦克。」

起初，我從不多嘴長舌。每次談起馬爾克，溫特爾、于爾根·庫普卡和班澤默爾也不大吭聲。在打飯或外出演習時，我們總要經過「元首住宅區」，當發現左邊第二棟房子前面仍然沒有兔籠時，我們四個人總是匆匆互望一眼。或許在碧綠、隨風搖曳的草叢裡正潛伏著一隻貓。我們通過意味深長的目光相互理解，結成爲一個祕密小組，儘管我跟溫特爾和庫普卡的關係並不怎麼樣，跟班澤默爾更是沒什麼交情。

在離開青年義務勞動軍之前的四個星期裡，我們連續多次出擊去打游擊隊，但是從未抓到任何人，當然也沒有傷亡。在這段教我們疲於奔命的時間裡，又出現了新的傳聞。最先從分隊文書室放出風聲的，是那個給馬爾克發制服並領他去滅虱站的服裝管理員：「第一，馬爾克又給前分隊長的老婆寫了一封信，信被轉寄到法國去了；第二，上級下達了一項調查任務，目前正在辦理之中；第三，告訴你們吧，馬爾克從一開始起就有所居心，不過，手腳如此快眞令人吃驚！要是他還沒當上軍官，他恐怕又會鬧起喉嚨痛的毛病了。眼下，所有沒有軍銜的士兵可能都有喉嚨痛的毛病。他恐怕是最早開始鬧的一個。如果由我來對他做一番介紹，首先得提到那對大耳朵……」

我終於管不住自己的嘴了；溫特爾在我之後也開了腔；于爾根．庫普卡和班澤默爾同樣不甘寂寞，賣弄起了他們知道的事情。

「喂，你知道嗎，我們早就認識馬爾克。」

「上中學那會兒我們就在一塊兒。」

「他不滿十四歲就鬧了喉嚨痛。」

「對了，海軍上尉的那個玩意兒是怎麼回事？他是趁著上體操課把它連同帶子一道從掛衣鉤上偷走的吧？這可是一個……」

「沒有的事，咱們還是先說說那臺留聲機吧。」

「還有那些罐頭呢？難道這不重要嗎？他最初總是在脖子上吊著一把螺絲起子……」

「等一下！要是你想從頭開始，那還得先從海因里希．埃勒斯運動場上的棒球比賽談起。事情是這樣的：我們無所事事地躺在草地上，馬爾克打起了盹兒。這時，一隻灰貓穿過草地，逕自朝馬爾克的脖子走來。這隻貓盯著他的脖子，心想，那個一竄一竄的東西是一隻老鼠……」

「小子，別胡扯了，是皮倫茨抓起那隻貓，把牠……或者？」

兩天之後，我們得到了正式消息。那天早晨列隊時，分隊接到一份通報：曾在北圖赫爾分隊服役的一名青年義務勞動軍戰士，起先是一名坦克射手，繼而升爲下士和坦克砲長，在多次攻打戰略要地的戰鬥中擊毀了××輛蘇聯坦克。此外，他還有這樣和那樣的戰績。

我們已經開始向上繳還舊制服，據說，前來交接的人不久就到。這時，母親給我寄來了一則從《前哨報》上剪下的新聞，上面用印刷字體印著：本市某公民的兒子先是作爲坦克射手、繼而作爲坦克砲長，在無數次戰鬥中取得了如何如何的戰績。

①托特（一八九一～一九四二），德國納粹政治家和建築師。他創立和領導的「托特集團」，承包了德國本土和占領區的許多重要的軍用和民用建設項目。
②《前哨報》，但澤出版的納粹地方黨報。
③《每日新聞》，全稱《但澤每日新聞》，但澤地方日報。
④「紙板兄弟」，士兵對槍靶的謔稱。
⑤即馬爾克。
⑥古日耳曼文字是日耳曼民族最古老的文字，形成於西元前一世紀至西元一世紀之間。因受刻寫技術限制，字母沒有曲線筆畫，全呈直線或拐角，與楔形文字頗為相似。
⑦雅各波內·達·托迪（一二三〇～一三〇六），義大利詩人，一般認為讚美詩《母親兩眼噙淚》出自他的手

筆。

⑧拿撒勒，以色列北部歷史名城，為耶穌童年時期的活動地，也是他第一次行神蹟（在迦拿變水為酒）的出發地點。

⑨戰爭初期，德軍的一些軍營和戰俘營均設有滅虱站。

⑩「元首」一詞在第三帝國期間專指希特勒。此處藉以嘲弄青年義務勞動軍的幹部。

⑪士兵們將打掃廁所戲稱為「分離蜂蜜」。

⑫格丁根北部小鎮，是當時一個重要的軍事要塞。

⑬圖赫爾荒原南部的小鎮。

第十二章

卵石，黃沙，微光閃爍的沼澤地，雜亂橫生的灌木叢，歪歪倒倒的小松樹，水潭，手榴彈，鯽魚，白樺樹上空的浮雲，金雀花後面的游擊隊員，遍地的歐洲刺柏，好心的老隆斯——那裡是他的家鄉——以及圖赫爾的電影院，這一切統統留在了那裡。我隨身只帶走了那隻外表酷似皮革的紙板箱和一束早已枯萎的杜鵑花。當列車開過卡爾特豪斯①之後，我把枯花拋到兩道鐵軌之間。在返城途中，在每個郊區小站，在但澤總站，在售票窗前，在熙熙攘攘的休假官兵當中，在前線調配處②的門前，在開往朗富爾區的電車裡，我都執迷不悟地尋找約阿希姆·馬爾克。穿著又瘦又小的便服——以前的學生裝——我感到十分狼狽。我沒有立刻回家——家裡還會有什麼在等待著我呢？——在離我們學校不遠的體育館站下了車。

我把紙板箱交給學校行政人員，也沒向他問什麼，因爲我對這裡的一切都十分熟悉。我一步三階地匆匆登上了寬大的花崗岩樓梯。不，我絕不是希望在禮堂裡逮住他。禮堂的兩扇大門敞開著，裡面只有幾個清潔女工。她們將長凳弄得亂七八糟，用肥皂水把它們擦洗乾淨，大概是又有什麼人物即將光臨。我轉身拐向左側，迎面是一排粗大的花崗岩石柱，腦袋發熱的人不妨用它來冷卻一下。兩次大戰陣亡將士的大理石紀念碑占去了好大一塊地方。壁龕裡擺著一尊萊辛雕像。學生們都在上課，教室門前的走廊上空無一人。一個長著兩條細腿的三年級學生，夾著一張捲著的地圖穿過這個空氣污濁的八角空間。三（1）班——三（2）班——繪畫室——五（1）班——擺著哺乳動物模型的玻璃櫃——現在放在裡面的是什麼呢？當然是一隻貓。那麼，老鼠又在什麼地方瑟瑟發抖呢？我走過會議室，來到走廊的盡頭。在教務處和校長辦公室之間，偉大的馬爾克背朝明亮的窗口站著，他的老鼠不見了，因為在他的脖子前面出現了一件特殊的東西：那玩意兒，磁鐵，洋蔥的對立物，電鍍的四葉苜蓿，好心的老申克爾設計的怪物，糖塊，裝置，一個我不好說出來的東西。

那麼老鼠呢？牠在睡覺——六月裡的冬眠。牠在厚厚的被子下面打盹兒，因為馬爾克發福了。並不是某個人、某位作家或命運將牠扼殺或取消的，就像拉辛刮掉了族徽上的老鼠而只留下天鵝那樣③。那隻小老鼠始終是族徽動物。當馬爾克吞嚥的時候，牠也會在夢中活躍起來；因為無論他們用多少勳章來裝扮偉大的馬爾克，他總是要做吞嚥動作的。

他的外表如何呢？多次戰鬥使得他略微發福，約如一本書增加了差不多兩張吸墨水紙厚的程度。你坐在漆成白色的窗臺上，身體倚著窗框。像所有在坦克部隊服役的人一樣，你穿著一件怪里怪氣的迷彩服，上面那一塊塊黑色和軍灰色大格子不禁使人想到綠林好漢。灰色馬褲蓋住了擦得油光發亮的大頭皮靴的靴統。黑色緊身坦克服在你的腋下起了幾道褶子——因爲你兩手叉腰，雙臂像一對門把似的——儘管你增加了幾磅體重，它卻使你看起來仍很瘦削。緊身坦克服上沒別勳章。你獲得了兩枚鐵十字勳章和別的什麼獎章，反正不是負傷榮譽獎章之類：在聖母瑪利亞的保佑下，你刀槍不入。胸前沒有任何飾物，以免轉移人們對那新奇玩意兒的注意。那條破皮帶約有巴掌那麼寬，馬馬虎虎地擦過油，緊束在腰間，又短又小的坦克服因此又被戲稱爲猴兒衫。破皮帶和掛得十分靠後、差不多已經歪到屁股上的手槍，毫不客氣地威脅著你苦苦贏得的地位；灰色的軍帽端端正正地戴在頭上，而不是像從前和現在廣爲流行且頗受歡迎的那樣歪向右邊。帽子上的那條直角褶痕使我想起你對對稱性的追求，它還使我聯想到你在做學生和潛水的那些年裡留的中分頭，當時你曾聲稱要當一名小丑。在人們用一塊金屬治好你的慢性喉嚨痛的毛病前後，你已經不再留救世主式的髮型了。那頭傻模傻樣、約莫一根火柴棒長短的頭髮已被別人或者你自己剪掉了。那種髮型從前曾裝扮過新兵，今天則賦予那些叼著煙斗的知識分子一副現代苦行僧的形象。救世主的神情依然如故：國徽上的雄鷹在戴得端端正正的軍帽上展開雙翅，猶如一隻聖靈之鴿從你的額頭騰空飛起。你那怕光的細皮嫩肉。你那肉鼻子上的粉刺。你那布滿毛細血管的低垂著的上眼瞼。當我背倚著擺放模型貓的玻璃櫃，在你的面前急促地呼吸時，你仍然沒有睜大眼睛。

我試著開了第一個玩笑：「你好哇，馬爾克下士！」

這玩笑效果不佳。「我在等克洛澤。他在上數學課。」

「哦，他會很高興的。」

「我準備跟他談談演講的事。」

「你到禮堂去過了嗎？」

「我的演講稿已經準備好了。每個字都經過斟酌。」

「看見那些清潔女工了嗎？她們已經在用肥皂水擦板凳了。」

「過一會兒，我要和克洛澤一道瞧瞧，再商量一下主席臺上的椅子如何擺法。」

「他會很高興的。」

「我要努力說服他，只讓四年級以上的學生來聽演講。」

「克洛澤知道你在這裡等著嗎？」

「教務處的赫爾欣小姐已經通知過他了。」

「哦，他準會高興的。」

「我要做一個簡短有力的演講。」

「你可眞不簡單。快說說看，你是怎樣那麼快就把這玩意兒弄到手的。」

「親愛的皮倫茨，不要性急嘛。告訴你吧，我的演講將會提到一切與授動有關的問題。」

「哦，克洛澤準會非常高興的。」

「我將請求克洛澤，旣不要介紹我，也不必說開場白。」

「要馬倫勃蘭特做點什麼嗎？」

「學校的工友會通知大家聽演講的。」

「對，他一定會……」

鈴聲迴盪在各樓層之間，所有的班級都下課了。這時，馬爾克才完全睜開雙眼，睫毛又少又短，向外支撐著。他看似漫不經心，其實隨時都會一躍而起。我感到背後不太舒服，便朝玻璃櫃轉過身去：其實，那隻貓不是灰色的，而是黑色的；它踮著四隻白色的爪子，輕輕地向我們走來，嘴邊露出一圈白色的涎水。模型貓的爬行動作看上去倒比活貓更加逼眞。玻璃櫃裡的硬紙卡片上用漂亮的字體寫著：家貓。由於鈴響之後四周突然靜得出奇，也由於那隻老鼠的甦醒使這隻貓的存在愈加不容忽視，我便朝著窗戶說起了一些開心解悶的事。我談到他的母親和姨媽，爲了給他打氣，還談起他的父親、他父親的火車頭、他父親在迪爾紹的殉職，以及追授給他父親的那枚勇敢獎章。「眞的，要是你父親還活著，他肯定會高興的。」

然而，沒等我把他父親的魂靈召來，也沒等我把老鼠從貓的身邊引開，高級參議教師瓦爾德馬爾・克洛澤就帶著他那副清亮的嗓子出現在我們之間。克洛澤沒有表示祝賀，沒有理會下士，也就是那玩意兒的受動者，他也沒有說「馬爾克先生，我由衷地感到高興」之類的話，而是先對我的義務勞動軍生活和圖赫爾荒原的美麗風光——隆斯就是在那裡長大的——表示出濃厚的興趣，隨後才附帶地讓一串經過精心設想的話從馬爾克的軍帽上輕輕飄過：「您瞧，馬爾克，您現在到底還是成功了。您已經去過霍爾斯特・韋塞爾中學了嗎？該校校長溫特博士是我一向敬重的同行，他一定會很高興的。想必您還準備不失時機地給老同學們做一次次簡短的演講吧，它準會使大家對我們的武器增強信心。可以到我的辦公室裡一分鐘嗎？」

偉大的馬爾克讓雙臂保持著杯子耳柄似的姿勢，隨著高級參議教師克洛澤走進校長辦公室。進門的時候，他把軍帽從毛刷般的平頭上摘了下來，露出高高的後腦勺。一個身穿軍裝的中學生正準備進行一次嚴肅的談話。我並沒有在那裡等待談話的結果，儘管我很想知道，這隻已經完全清醒、躍躍欲試的老鼠在這次談話之後會對那隻仍在匍匐前進的模型貓做何表示。

小小的不光彩的勝利：我又一次占了上風。等著瞧吧！他絕不可能，也絕不願意就此輕易認輸。我得助他一臂之力。我可以去找克洛澤談談，肯定會有辦法打動他的。遺憾的是，他們已經把「布魯尼斯老爹」弄到施圖特霍夫去了。他要是在這兒，肯定會用口袋裡那本好心的老艾與多爾夫文選助他一臂之力。

然而，誰也幫不了馬爾克。假如我和克洛澤談過，也許會有些作用。其實，我還眞的和他談了，帶薄荷味的說教一句接一句地噴到我的臉上，我強忍著聽了半個小時之久，然後狡黠地低聲說道：「校長先生，就人之常情而言，您說的也許不無道理。不過，人們不能考慮到，我是說，在這種特殊的情況下。一方面，我完全能夠理解您的意思。這個因素是不可動搖的，學校的秩序嘛。任何發生過的事情都是無法挽回的。從另一方面來講，由於他很早就失去了父親……」

我也找古塞夫斯基司鐸談過，還找過圖拉・波克里弗克，讓她去和施丟特貝克及其同夥談談。我又找到從前的少年團分團長，他從克里特島④回來以後換了一條假腿，眼下在溫特爾廣場旁邊的地方黨部任職。他隔著辦公室興奮地聽了我的建議，禁不住數落了一通那些教書匠：「當然，當然，我們同意。就讓那個馬爾克來吧。我還能大概想起他的模樣。當初好像是有點什麼事？他游到那邊去了。好吧，我會動員各界人士參加的，包括全國少女聯盟和婦女界。我們可以借用斜對面郵政總局的會議廳，準備三百五十把椅子……」

古塞夫斯基司鐸準備把幾個老婦人和十幾個信奉天主教的工人召集到法衣室，因為他無權使用教區議事廳。

「為了使這個演講能和教會精神有些關聯，您的朋友最好首先談一談聖喬治⑤，最後再介紹一下禱告在面臨困難和危險時的作用和力量。」古塞夫斯基建議。他對這次演講寄予很大的希望。

我順便還要提到那個地窖，那是施丟特貝克、圖拉・波克里弗克，以及他們周圍那群半大孩子準備提供給馬爾克的。圖拉把一個名叫倫萬德的傢伙介紹給我，這小子在聖心教堂輔過彌撒，看上去很眼熟。他神祕地做了一些暗示，表示可以保證馬爾克的行動自由，只是馬爾克必須把手槍交出來：「當然，在他進來之前我們要把他的眼睛蒙住。另外，他還得宣誓嚴守祕密，在誓約下面簽字畫押。這些都不過是例行公事罷了。至於報酬嘛，自然是非常可觀的，可以付現款，也可以給軍用懷錶。我們絕不會讓人白幹的。」

然而，馬爾克哪兒都不願去——有報酬也不幹。我故意激他說：「你到底想要什麼？別老是不滿足。要麼你乾脆回北圖赫爾，現在新的一年開始了。服裝管理員和炊事長都是你的老熟人，看到你又回到他們那兒，而且還要演講，他們準會非常高興的。」

馬爾克靜靜地聽著各種建議，時而淡淡一笑，時而點頭稱道。他提了一些有關會場組織方面的事務性問題，當得知有關計畫已經萬事俱備時，趕緊怏怏不樂地斷然拒絕所有建議，甚至包括地方黨部的邀請。他從一開始就只有一個目標：我們學校的禮堂。他想站在透過新哥德式尖拱窗射進來的、塵土飛揚的光線中；他想衝著三百名聲音時高時低地放著臭屁的中學生做演講；他想看到從前的老師那些油光發亮的腦袋圍在自己的身前身後；他想面對禮堂後牆上的那幅畫像——學校的締造者、名垂千古的封・康拉迪男爵面色蠟黃，置身於一層又厚又亮的清漆後面；他想從那兩扇褐色的對開大門中的一扇走進禮堂，在精簡扼要的演講結束之後，再從另外一扇門離開。但是，與此同時，克洛澤穿著帶小方格的馬褲站在兩扇大門的前面：「馬爾克，作爲軍人您應該明白。那些清潔女工並非出於什麼特殊的原因才來擦洗板凳，不是爲了您，也不是爲了您的演講。您的計畫想必已經過深思熟慮，但是在這兒卻沒法實現。許多人——讓我把話說完——終身都喜歡昂貴的地毯，到頭來卻死在粗糙的地板上。您要學會割愛，馬爾克。」

克洛澤做了一些讓步，召集了一次校際聯席會議。會議在霍爾斯特・韋塞爾中學校長的贊同下做出以下決議：「學校的秩序要求……」

後來，克洛澤又報經本市督學批准：曾在本校就學的一名學生在讀書期間曾經……儘管他……然而鑑於國家正面臨危急關頭，不宜誇大此事的重要性，況且事情發生在幾年之前。

但是，因爲這種情況史無前例，兩校的教職員工一致同意……

克洛澤給馬爾克寫了一封信，純屬私人信件。他在信中告訴馬爾克，自己心有餘而力不足，在當今這種年代和情況下，一個富有經驗的教育工作者迫於沉重的職業負擔，不能簡單地像慈父對待愛子那樣直抒胸臆。他請求馬爾克遵從故有的康拉迪精神，爲了學校利益給予慷慨的支持。他希望馬爾克能毫無抱怨地立刻或是盡快在霍爾斯特・韋塞爾中學演講，屆時他將洗耳恭聽。當然，他建議馬爾克拿出英雄人物應有的氣魄，選擇演講中精彩的部分而省去多餘的話。

偉大的馬爾克來到一條林蔭大道。這條大道很像奧利瓦區宮廷花園的那條荆棘叢生、沒有飛鳥、近似隧道的林蔭大道。儘管沒有岔路，它卻仍像一座迷宮。白天，馬爾克不是睡懶覺就是和他姨媽下跳棋，要麼則百無聊賴地等待假期的結束；夜裡，他和我在朗富爾區到處轉悠，我跟在他的身後，從不超前一步，也很少與他並肩同行。我們並不是毫無目的地瞎轉：那條林蔭大道正是克洛澤校長住的鮑姆巴赫大街，這裡淸靜、幽雅，防空條例在此被認眞地執行，是夜鶯棲息的地方。我跟在他的軍衣後面，感到十分疲倦：「別胡鬧了。你明明知道事情成不了。這對你究竟有什麼意思呢？想一想，你一共才有幾天的休假，在這兒還能待上幾天？算了吧，別再胡鬧了……」

儘管我在偉大的馬爾克身後喋喋不休地嘮叨，他那對招風耳裡卻響著另一支曲子。我們陪著鮑姆巴赫大街的兩隻夜鶯一直轉悠到凌晨兩點。克洛澤校長曾兩次從我們身邊走過，因爲有人陪著，我們只好放他過去。在潛伏了四夜之後，他終於在第五夜約莫十一點鐘單獨一人從黑色大道朝鮑姆巴赫大街走來。他仍然穿著那條馬褲，但沒有戴帽子，也沒穿外套——夜風清爽宜人——他的身影顯得又高又瘦。偉大的馬爾克伸出左手一把揪住克洛澤繫著便衣領帶的衣領，將這位教育工作者推到一堵頗具藝術性的鐵圍欄上面——由於天黑的緣故——圍欄後面盛開的玫瑰發出很大響聲，甚至超過了夜鶯的歌聲，濃烈的香氣撲鼻而來。馬爾克接受了克洛澤在信中所給的忠告，選出演講中精彩的部分，並以英雄人物的氣魄省去任何廢話，用手心和手背朝校長那張刮得溜光的臉來了個左右開弓。他們雙方頓時都呆若木雞，只有那兩聲劈啪的響聲生動而意味深長。克洛澤緊閉著他那張小嘴，以免玫瑰香和薄荷味互相混了味。

事情發生在星期四，前後不到一分鐘。我們讓克洛澤站在鐵圍欄前。馬爾克首先轉身走了，那雙大頭皮靴重重地踏在礫石鋪成的人行道上。兩旁的紅槭枝葉茂盛，密不透光，越向上越黑。我想向克洛澤賠禮道歉——爲了馬爾克，也爲我自己。挨打者擺了擺手，把身子挺得筆直，看上去已經不像挨過打的樣子。在折斷的花朵和偶爾傳來的幾聲鳥鳴的支持下，他那黑黑的身影代表著教育機構、學校、康拉迪的捐贈、康拉迪精神和康拉迪中學——這些都是我們中學的雅稱。

從那個地方和那一分鐘起，我倆跑過好幾條無人居住的郊區大道，誰也不再提起克洛澤的事。馬爾克毫無感情地自言自語，說的淨是一些常常使他——在一定程度上也使年齡與他相仿的我——感到困惑的問題。例如：人死之後是否還有生命？你相信靈魂轉世嗎？馬爾克說道：「最近我看了許多齊克果⑥的著作。你以後無論如何也要讀讀杜斯妥也夫斯基的書，特別是等你到了俄國之後。你會從中悟出很多東西，諸如精神氣質等等。」

我們常去施特里斯河上的那幾座小橋，這條河其實只是一條螞蟥成群的水溝。趴在欄杆上等水耗子露面是件很愜意的事。每座小橋都可以引出一連串的話題：從枯燥無味的迂腐之論、學生腔十足的老生常談到現代軍艦的裝甲厚度，從軍艦的裝備、航速到宗教以及所謂的最終問題。在又窄又短的新蘇格蘭橋上，我們久久地抬頭仰望布滿繁星的六月夜空，然後各懷心事地低頭俯視這條小溪。從啤酒股份公司的蓄水池裡流出一泓溪流，在空罐頭上激起一道道浪花，帶來了一股酒香。馬爾克低聲說道：「我當然並不相信上帝。這都是愚弄老百姓的慣用騙術。我相信的只有聖母瑪利亞。因此，我絕不會結婚。」

這幾句在橋上說的沒頭沒腦的話使人感到納悶，但我卻牢牢地記住了。後來，每當我看到一條小溪或一座架在水渠上的小橋，每當橋下不斷傳來汩汩的流水聲，每當一些不守規矩的人從橋上扔進小溪或水渠的破爛濺起一道道浪花時，在我身邊就會出現腳蹬大頭皮靴、身穿坦克服和馬褲的馬爾克。他將腦袋探出欄杆，使脖子上那枚碩大的玩意兒垂直地懸吊著，以他那堅定不移的信仰，既嚴肅又像小丑似的炫耀著對於貓和鼠的勝利：「當然不信上帝。愚弄百姓的騙術。只信瑪利亞。絕不結婚。」

他銜著施特里斯河說了很多很多。我們也許繞著馬克斯・哈爾伯廣場轉了十圈，在軍隊牧場大街往返走了十二趟。我們在五路電車終點站踟躕不前，饑腸轆轆地看著男車掌和頭上燙著波浪的女車掌坐在玻璃塗成藍色的車廂⑦裡，正湊著保溫杯啃奶油麵包。

……有一次，開過去一輛電車，可能就是圖拉・波克里弗克的那一輛。因爲婦女也必須參加戰時義務服務，她已經幹了好幾個星期電車售票員，這會兒恐怕正歪戴著船形小帽坐在車裡。要是她眞的在五路電車上服務，我們肯定會跟她打招呼的，我還要和她約定一個見面時間。但是，我們只能透過塗成藍色的玻璃隱約地看見一個瘦小的側影，因此無法肯定是不是她。

我說：「你眞該找她試一試。」

馬爾克淒切地說道：「不是告訴過你嗎，我不打算結婚。」

「她會使你改變想法的。」

「那麼以後誰又能夠使我再次改變想法呢？」

我想開個玩笑，說道：「當然是聖母瑪利亞。」

他躊躇不決地說道：「要是她生氣了呢？」

我鼓勵說：「如果你願意，我明天一早就去爲古塞夫斯基輔彌撒。」

「一言爲定。」他突然很快地說道，然後就朝那輛電車走去。車窗裡那個女售票員的側影一直讓人疑心是圖拉・波克里弗克。在他登上電車之前，我喊道：「你還有幾天休假？」

從車門裡傳出偉大的馬爾克的聲音：「我的火車在四個半鐘頭以前就已經開了，要是途中不出問題，現在已經快到莫德林了。」

---

①但澤以西三十公里處的小鎮。

②戰時專門負責接待休假官兵和調配從前線潰散下來的士兵的機構。

③讓・拉辛（一六三九～一六九九），法國詩人和古典主義悲劇作家。葛拉斯曾寫過一首小詩諷刺拉辛的創作原則，大意是拉辛的族徽上原有一隻天鵝和一隻老鼠，它們為他帶來靈感。天鵝安分、恬靜，老鼠頑皮、好

動。一天，拉辛正在寫詩，老鼠向正在睡覺的天鵝發起進攻，它們的聲音破壞了他的創作靈感，於是拉辛把老鼠從族徽上刮去。此後，拉辛雖然與天鵝和睦相處，卻再也寫不出傳世之作。

④克里特島位於地中海，隸屬希臘。一九四一年，德國傘兵和山地步兵以慘重的代價占領該島。

⑤聖喬治，相傳為救難十四聖徒之一，軍人、武器工匠和農民的守護神。

⑥齊克果（一八一三～一八五五），丹麥哲學家和神學家，被認為是存在主義哲學的創始人。

⑦戰爭時期，按照防空條例，所有車輛的玻璃必須塗成藍色。

第十三章

「願上帝憐憫和寬恕你們的罪過」①……」禱文從古塞夫斯基司鐸那張噘起的嘴中飄出，彷彿是一串五彩繽紛的肥皀泡輕盈地從一根看不見的麥稈裡吐了出去。它們搖搖晃晃、飄飄揚揚地向上昇起，映出了玻璃窗、聖壇和聖母瑪利亞，映出了你、我、一切、一切。當祝禱進行到節骨眼的時候，肥皀泡突然不痛不癢地破碎了：「願上帝體恤、赦免和寬恕你們的罪過②……」那七、八個信徒剛用他們的「阿門」聲刺破這些飛揚起來的氣泡，古塞夫斯基便舉起了聖餅，用完美的口型使一個在氣流中戰戰兢兢的碩大肥皀泡繼續膨脹，最後用淡紅色的舌尖將它送出。氣泡緩緩上昇，然後降落下來，消失在聖母祭壇前面第二排長凳的附近：「請看上帝的羔羊③……」

沒等「主啊，你到舍下，我不敢當④……」重覆完三遍，馬爾克便第一個跪倒在聖餐長凳前。我引著古塞夫斯基走下聖壇臺階，來到聖餐長凳前面。此時，他早已把頭向後仰起，那張瘦削的面孔因睡眠不足而略顯憔悴，幾乎與聖母院白色的水泥天花板保持平行，舌頭把兩片嘴唇隔開。神父用分給他的聖餅在他頭上匆匆地畫了一個小小的十字，就在此刻他的臉上沁出了汗珠。晶瑩閃亮的汗珠在毛孔上再也站不住了。他沒有刮過臉，濃密的鬍渣兒把汗珠割得四分五裂。乾澀無神的眼睛向外凸出。他的臉也許是在黑色坦克服的襯托下才顯得如此蒼白。儘管舌頭上積起了唾液，他也沒有向下吞嚥。那件鐵質物品是對擊毀多輛俄國坦克和那些幼稚塗鴉的報酬。它不偏不斜地正好垂在最上面那顆鈕扣的上方，對眼前的事顯得無動於衷。古塞夫斯基司鐸將聖餅放在約阿希姆•馬爾克的舌頭上。你這才爲了吃下這塊薄薄的麵餅不得已地做了一次吞嚥的動作。那塊金屬在這一過程中也做了相應的動作。

讓我們三個人重新相聚，一次又一次舉行這件聖事吧！你跪著，我站著——皮膚乾燥。你的汗水將毛孔擴大。古塞夫斯基把聖餅放在厚厚的舌苔上。我們三個剛剛和諧地說完同一個詞，便有一種裝置將你的舌頭收了回去，兩片嘴唇重新合在一起。你的吞嚥動作引起了連鎖反應，那枚碩大的物體隨之顫抖起來。我知道，偉大的馬爾克將精神振奮地離開聖母院，他的汗水很快就會蒸發乾的。如果說他的面頰後來又變得濕潤，閃閃發光，那是讓雨水淋濕的。聖母院的外面下起了毛毛細雨。

古塞夫斯基在乾燥的法衣室裡說：

「他大概會等在門外。咱們是不是把他叫進來，但是……」

我說：「您不用管了，司鐸大人。我會關照他的。」

古塞夫斯基用雙手在衣櫃裡擺弄著薰衣草香袋：「他該不會幹出什麼蠢事吧？」

他穿著法衣站在那裡，我也沒過去幫他脫：「司鐸大人，您最好還是別操這份心了。」

當身穿軍服的馬爾克濕淋淋地站在我面前時，我對他說：「喂，傻瓜，你還待在這兒幹嘛？我看，你還是去霍赫施特里斯⑤找找前線調配處吧。想點什麼理由，解釋一下超假的原因。我可不想管這份閒事。」

說完這番話之後，我本該馬上離開，可是我並沒有走，雨水打濕了我的衣衫：分離不在雨天嘛。於是，我又試著好言相勸：「他們不會處罰你的。你可以說，你姨媽或母親出了點什麼事。」

我每一次停頓，馬爾克總是點點頭。他時而咧開嘴巴乾笑一聲，時而談興大發：「昨天和圖拉玩得眞痛快。我可眞沒想到，她和過去大不一樣了。說句實話，是因爲她，我才不想再走的。再說，我已經盡過自己的義務了，你說是嗎？我準備提交一份申請。他們儘管把我發配到大博什波爾⑥當教官好了。那幫人恐怕又開始嚼舌根了。我倒不是害怕，只不過有些厭煩了，懂嗎？」

我可沒聽信這一套，緊緊纏住他不放：「哦，原來是爲了圖拉。可是，那天車上的小妞並不是她！她在開往奧利瓦區的二路電車上，不是五路。這兒的人都知道。你害怕了吧——這我能理解。」

他堅持說自己和她幹過那件事兒：「和圖拉的事你就相信好了。我還上她家去過呢，就在埃爾森大街。她母親假裝什麼都沒看見。不過，我可不想再去了，這是眞的。也許我眞是害怕了。在望彌撒之前，我的確有點兒空虛，現在已經好多了。」

「記住，你並不信上帝。」

「這與此事毫無關係。」

「那好吧，現在你打算怎麼辦呢？」

「也許可以去找施丟特貝克和他那幫傢伙。你不是認識他們嗎？」

「別提他們了，親愛的，我和這幫人早就斷了聯繫，以免招惹是非。既然你和圖拉那麼有緣分，還去過她家，倒不如向她討教一番……」

「你要知道，我現在已經不能再在東街露面了。要是他們還沒有去過那兒，那也絕不會再拖多久的。說眞的，我能不能在你們家的地窖裡躲躲？就待幾天。」

我當時不想多管閒事：「你還是另外找個藏身之地吧。你們家在鄉下不是有親戚嗎？圖拉家也不錯，她舅舅有個木匠棚……再不，就到沉船上去。」

這句話引起了一陣沉思。事情就這麼一錘定音了，儘管馬爾克還說：「在這種鬼天氣嗎？」我費了不少口舌，把惡劣的天氣也作爲一條理由，執拗地拒絕陪他到沉船上去。但是，當時的情勢卻迫使我非和他同行不可：分離不在雨天嘛。

我們花了一個小時，從新蘇格蘭區跑到舍爾米爾區，然後又跑回來，沿著波薩多夫斯基路向南。路邊有一些廣告柱，貼著許多號召人們勤儉節約的宣傳單。我們至少在兩個廣告柱的背風處躲了一會兒，接著又繼續跑。從市立婦科醫院大門向西望去，我們看到了一些熟悉的景象：在鐵路路基和果實纍纍的栗子樹後面，康拉迪完全中學的山牆和穹形屋頂顯得堅不可摧。但是，他對此視若無睹；也許，他正盯著別的什麼。後來，我倆在帝國殖民地火車站的候車室裡待了半個鐘頭，三、四個小學生也待在那個嘩啦嘩啦直響的鐵皮屋頂下面。那幾個小傢伙有的在互練拳擊，有的在長凳上擠來擠去。馬爾克把背轉向他們，也無濟於事。兩個男孩捧著打開的練習本走了過來，他們說的是侉味十足的但澤方言。我問道：「你們沒課嗎？」

「九點才上課呢，去不去隨我們的便。」

「拿過來吧！喂，快點！」

馬爾克分別在兩個本子最後一頁的左上角寫下了他的姓名和軍銜。那兩個男孩並不滿足，還要他精確地寫出擊毀了多少輛坦克……馬爾克只得依從他們，像塡寫郵局匯款單那樣先寫上數字，再寫上字母。他後來還用我的鋼筆又爲另外兩個男孩簽了名。我剛要從他手裡拿過筆來，一個男孩又發問了：「您是在哪兒幹掉那些坦克的？是在比爾哥羅德⑦還是在濟托米爾⑧？」

馬爾克本該點點頭，就算完事了。可是，他卻用沙啞的聲音低聲說道：「不，小傢伙，大多數是在科威爾、布洛地和布列查尼⑨一帶。四月，我們在布克查茲⑩追上了第一坦克軍團。」

我不得不再次擰下筆帽。這幾個男孩想把這些全都記下來，吹起口哨把另外兩個學生從雨中喚進了小小的候車室。有一個男孩一直默默地彎著腰，用自己的後背作寫字檯。這會兒他想直直腰，把自己的本子也遞了過來，可是大夥兒都不答應：總得有人頂著嘛。馬爾克用顫抖得越來越厲害的字跡——閃光的汗珠又從毛孔裡滲了出來——寫下科威爾、布洛地、布列查尼、車卡夕⑪、布克查茲等地名。這些臉上油光光的男孩又開始提問：「您去過克利福洛⑫嗎？」每個人都張著嘴巴，嘴裡的牙齒殘缺不全。他們的眼睛像祖父，他們的耳朵則像母親家的人。每張臉上都有一對鼻孔：「你們現在駐紮在什麼地方？」

「喂，瞧你問的是啥？這種事兒他是絕對不能說的！」

「你敢打賭入侵⑬的事是眞的嗎？」

「得了，你還是等到戰後再打賭吧。」

「咱們問問他是不是在元首手下幹過。」

「叔叔，您在元首手下幹過嗎？」

「瞧你問的，你沒看見他只是一名下士嗎？」

「您身上帶著自己的照片嗎？」

「我們收藏這類物品。」

「您還有幾天假？」

「是啊，還有幾天呢？」

「明天您還來這兒嗎？」

「您就說假期哪天結束好了。」

馬爾克不耐煩地奪路而走。學生們的書包絆得他踉踉蹌蹌。我的鋼筆忘在那間小屋裡了。

我們在斜風細雨中一路小跑，肩並肩地跨過一個個水坑：分離不在雨天嘛。我們直到跑過運動場才把那幫男孩甩掉。他們在後面又叫喊了好一陣子，毫無去上學的意思。直到今天，他們還一直惦記著要把那枝鋼筆還給我。

跑過新蘇格蘭區，我們總算能在小果園之間安安靜靜地喘口氣了。我不由得無名火起，像下命令似的用食指點著那顆該死的「糖塊」。馬爾克動作迅速地把「糖塊」從脖子上摘了下來。它也像幾年前的螺絲起子一樣繫在一條鞋帶上。馬爾克想把它送給我，然而我把手一擺：「謝謝，我可不感興趣。」

他並沒有把那塊鐵扔進潮濕的灌木叢，而是塞進了後褲兜。

我是怎樣離開那兒的呢？臨時搭起的籬笆後面長著尚未成熟的醋栗，馬爾克用雙手摘了起來。我考慮著合適的託詞。他往嘴裡塞著醋栗，吐出果殼。「你先在這兒等半個鐘頭，無論如何也得帶上乾糧，否則在沉船上可待不了多長時間。」

假如馬爾克說：「你得快點兒回來！」我準會溜之大吉的。當我開始移動腳步時，他幾乎連頭都沒點一下，十個手指擺弄著籬笆之間的樹枝，那張塞得滿滿的嘴迫使我收住了腳步：分離不在雨天嘛。

開門的是馬爾克的姨媽。他母親恰好不在家。其實，我完全可以從我家裡取些吃的東西，但轉念一想：他有家呀？我想看看他的姨媽有何反應。令人失望的是，她穿著圍裙站在我面前，竟然連一個問題也沒提。從敞開的門裡飄出一股氣味，足以使人的牙齒麻木：馬爾克家正在燉大黃⑭。

「我們想爲約阿希姆舉辦一個小型慶祝會。喝的東西倒是綽綽有餘，但我們要是餓了……」她一聲沒吭，從廚房裡取來兩罐一公斤重的油燜豬肉罐頭。她還拿來了一把開罐器，但並不是馬爾克從沉船裡摸上來的那一把。那一把開罐器是他在船上的廚房裡和蛙腿罐頭一起找到的。

當她在廚房反覆考慮拿什麼東西好時——馬爾克家的餐櫃總是滿滿的，他家有幾個鄉下親戚，想要什麼只管伸手——我不安地站在走廊上，兩眼盯著馬爾克的父親和司爐拉布達的寬幅照片。火車尚未生火。

他的姨媽拿來一只網袋，用報紙包好罐頭，對我說：「吃這種油燜肉，一定要先熱一熱，要不然肉太硬，下了肚沒法消化。」

如果我臨走時問她一聲，是否有人來打聽過約阿希姆的消息，回答肯定是否定的。但是我什麼也沒問，只是在門口說了一句：「約阿希姆讓我向您問好。」實際上，馬爾克甚至連讓我向他母親問好的意思都沒有。

雨仍在下著。當我回到小果園，站在他的軍裝前面時，他並不急於打聽什麼。我把網袋掛在籬笆上，搓著被勒痛的手指。他照舊在吃著尚未成熟的醋栗，這使我不由得像他姨媽那樣關心起他的身體來了：「你會把胃吃傷的！」但是，當我說完「咱們走吧」之後，他又從果實纍纍的樹枝上摘了三大把，將褲兜塞得滿滿的。我們在新蘇格蘭區繞著狼街與熊街之間的住宅區走了一圈，他一邊走一邊吐出堅硬的果殼。當我們站在電車後面一節車廂的平臺上時，他還在不停地往嘴裡塞。從電車左側可以看到煙雨濛濛的機場。

他的醋栗使我大爲惱火。雨勢漸漸減弱，灰色的雲層變成了乳白色。我眞想跳下電車，讓他一個人在車上繼續吃他的醋栗。但是，我只是說道：「他們到你家打聽過你兩次，是些穿便衣的傢伙。」

「是嗎？」馬爾克仍然朝著平臺的板條格墊上吐醋栗殼。「我母親呢？她知道嗎？」

「你母親不在家，只有你姨媽在。」

「她肯定是上街買東西去了。」

「我想不是。」

「那麼就是在席爾克幫著熨衣服。」

「可惜，她也不在那兒。」

「想吃幾個醋栗嗎？」

「她被接到霍赫施特里斯去了。這件事我本來不想告訴你。」

快到布勒森時，馬爾克總算吃光了醋栗。但是，當我們走在被雨水沖刷出許多圖案的沙灘上時，他還在兩個濕透了的褲兜裡摸索著。偉大的馬爾克已經聽見了海浪拍擊沙灘的聲音，看見了湛藍的波羅的海、依稀可辨的沉船和停泊場內的幾艘輪船。地平線在他的兩個瞳仁裡畫出一條橫線。他說：「我不能游了。」這時我已經把鞋子和褲子脫了下來。

「你別胡扯好不好。」

「眞的不行，我肚子痛得厲害。都是那些該死的醋栗。」

我不禁動起火來，罵罵咧咧地翻著衣兜，總算在上衣口袋裡翻出一馬克和幾芬尼。我攥著這點兒錢跑到布勒森浴場，在老克萊夫特那裡租了一條小船，租期爲兩小時。實際上這件事並不像寫起來那麼簡單，儘管克萊夫特只是隨便問了幾句，而且還幫我把船推下了水。當我把小船划過來時，馬爾克正穿著坦克服在沙灘上打滾。爲了讓他站起來，我不得已踹了他幾腳。他渾身顫抖，汗流滿面，雙手握成拳頭頂住胃窩。我至今還是不相信他當時眞是肚子痛，儘管他的確空腹吃了許多半生不熟的醋栗。

「起來，上沙丘後面去拉一泡，快點兒！」他弓腰曲背地走著，腳在沙灘上拖出了兩條深溝，然後消失在野燕麥的後面。我也許本來可以看到他的船形軍帽，但我卻一直注視著防波堤，儘管那兒並沒有來往的船隻。馬爾克回來的時候仍然彎著腰，可他卻幫著我將小船推下了水。我扶他坐到小船的尾部，將裝著兩罐罐頭的網袋放在他的懷裡，又把報紙包著的開罐器塞入他的手中。船駛過第一片沙洲，又駛過第二片沙洲，海水的顏色逐漸變深。我說：

「現在該你划幾下了。」

偉大的馬爾克連頭都沒搖一下。他仍弓著腰，緊緊地攥著包在報紙裡的開罐器，兩眼直勾勾地看著我——我們面對面地坐著。

從那時起，我一次都沒有再坐過划槳小船。然而，我總覺得，我們一直是面對面地坐著：他的手指不停地擺弄著手裡的東西。脖子前面空無一物。軍帽戴得端端正正。沙粒從軍服的褶皺中間滑落下來。雖然沒有下雨，他的額頭卻掛著水珠。每一條肌束都繃得緊緊的。眼珠鼓得像要脫落出來。鼻子不知和誰調換過了。雙膝瑟瑟發抖。海面上沒有貓，但是老鼠卻在逃竄。

當時的天氣不算冷。只有當雲層被撕裂，陽光穿過雲縫照射下來時，才會落下星星點點的陣雨。雨水飄落在風平浪靜的海面，也淋濕了我們的小船。「你還是划幾下吧，這樣可以熱熱身子。」從船尾傳來一陣牙齒格格打顫的響聲。他的話鑽出牙縫，伴隨著斷斷續續的嘆息來到世界上：「……要是事先有人提醒我一下，結果絕不至於這樣。都是因爲那次惡作劇。本來我應當可以做一次精彩的演講，談談坦克瞄準器、空心榴彈以及邁巴赫⑮引擎呀什麼的。

我作爲坦克射手，老得爬出去檢查螺栓，就連射擊時也不例外。我不光是談我自己，還要談我父親和拉布達，簡要地敍述一下發生在迪爾紹附近的車禍，講講父親當時是如何以身殉職的。我坐在瞄準器前面，總是想著我父親。他死時，竟然沒有舉行終傅儀式⑯。謝謝你當時爲我弄來了蠟燭。啊，這是純潔的友誼，它使你的光彩永不消退。你去爲我說情，眞教我備受感動。無限的愛，無限的恩賜。在庫爾斯克北部，當我第一次參加戰鬥⑰時，這一點就已經得到了證明。俄軍在奥列爾的反攻⑱使我們陷入了困境。八月，在沃斯卡拉河⑲畔，聖母瑪利亞顯靈了。戰友們都覺得好笑，慫恿隨軍神父拿我開心。我們畢竟守住了前線陣地。可惜的是，我後來被調到中段戰場，否則卡爾可夫⑳絕不會那麼快就……不出我所料，我們在科羅斯坦㉑對付五十九軍團的時候，她又一次出現了。她從未將聖嬰帶在身邊，卻總是拿著那張照片。您知道嗎，校長先生，那張照片就掛在我們家的走廊上，緊挨著擱刷鞋用具的小袋子。她沒有把照片捧在胸前，而是比胸口低得多。我淸淸楚楚地看見了上面的火車頭。我只需要瞄準父親和司爐拉布達之間的空隙。四百公尺。直射！你肯定見過，皮倫茨，我瞄準的是砲塔和車身之間的地方，這兒是透氣的地方。不，校長先生，她什麼也沒有說。我說的是實話，她不需要對我說任何話。證據？我剛才講過，她手裡拿著一張照片。咱們還是以數學爲例吧。您講課的時候，可以假設兩條平行線在無窮遠的地方相交，因此便會產生某種類似於超驗的感覺。這一點您必須承認。在喀山㉒東面進行戰前準備時，我就有過這種體會。那是聖誕節的第三天。她以每小時三十五公里的速度從左側向林區移動。我必須時刻注意……喂，皮倫茨，左邊多划兩下！咱們已經偏離沉船了。」

起初，馬爾克的牙齒格格直響，但很快就得到了控制。在介紹他演講內容的同時，他一直注視著小船的航向，並且不時地指點我調整速度。我的額頭掛滿了汗珠，他的毛孔也流乾了汗水。划船的時候我一直不敢肯定，除了昔日常見的海鷗之外，他是否在不斷變大的艦橋上方還看見了什麼東西。

我們快要靠上沉船時，他在船尾輕輕抬起屁股，漫不經心地擺弄著剝去紙的開罐器。他不再嚷著肚子痛了。他在我前面跳上了沉船。我拴好小船之後，看見他正用雙手在脖子前面忙活：從後褲兜裡掏出那顆碩大的「糖塊」重新掛了起來。太陽鑽出了雲層。馬爾克搓搓雙手，伸展四肢，然後邁開占領者的步伐，神情莊嚴地在甲板上走了起來。他嘴裡輕聲地唸著一段連禱文，頻頻地向空中的海鷗招手，像是在扮演那個經歷了多年冒險生活後，此時重歸故里的快活大叔㉓。他把自己作爲禮物，準備慶祝久別重逢：「喂，孩子們，你們還是老樣子嘛！」

我沒有心思和他一起窮開心：「快點，快點！這條小船老克萊夫特只借我用一個半鐘頭，起初他只答應借一個鐘頭。」

馬爾克立刻一本正經起來：「哦，遵命。豈能耽誤遊客。哎，那條舊船陷得可真不淺啊，就是油輪旁邊那條。我敢打賭那是一條瑞典船。你要是想去搞清楚，咱們今天就可以划過去，天一黑就動身。你看，你是將近九點鐘划過來的。我這點兒要求總不算過分吧，是嗎？」

在能見度那麼差的天氣，要想看清停泊場裡那條貨輪的國籍當然是不可能的。馬爾克一邊瞎嘮叨，一邊慢吞吞地脫下衣服。他首先提到圖拉•波克里弗克：「實話告訴你吧，她純粹是個賤貨。」接著，他又數落起古塞夫斯基司鐸來：「據說，這傢伙常常盜賣布料，就連聖壇上的檯布都不放過。他還利用配給證幹這種勾當，物資調配局的一名檢查員正在調查此事。」他還對他的姨媽大發議論：「有一點必須承認，她和我父親都還是孩子的時候就彼此情投意合了，那時兩人都還住在鄉下。」他突然又說起了關於火車頭的老話：「你走前可以再去一趟東街，把那張照片帶出來，鏡框拿不拿倒無所謂。不，還是讓它掛在那裡吧。帶出來反倒是個累贅。」

馬爾克穿起紅色的體操褲，它體現著母校的校風。他把軍服小心翼翼地疊成符合規定的小包，整齊地擺在他的專用地盤——羅盤室後面。兩隻大頭皮靴像臨睡之前那樣並排在一起。我又提醒道：「東西都齊了嗎？罐頭，還有開罐器。」他把勳章從左側移到右側，開始重演學生時代的老把戲，旁若無人地饒起舌來：「阿根廷『莫雷諾』號戰列艦噸位多少？船速多少？吃水線裝甲厚度？製造年代？何時改裝？『維多利奧・威尼托』號㉔有幾門一百五十公釐火砲？」

我懶洋洋地回答著提問，心裡暗暗爲自己還記得這套把戲而感到高興。「是不是把兩罐罐頭一塊兒帶下去？」

「試試看吧。」

「別忘了帶開罐器！喏，就在這兒。」

「你就像母親似的關心我。」

「我要是你呀，這會兒就不慌不忙地下去了。」

「當然，當然。這些東西過不了多久就會爛掉的。」

「你又不是在這兒過冬。」

「好在這個打火機還挺靈，下面的汽油足夠用的。」

「你最好別把那玩意兒扔掉，也許還能當紀念品作價變賣，這事兒誰也說不準。」

馬爾克將那樣東西從一隻手拋到另一隻手。他離開艦橋，用腳尖一點一點地探索著艙口，兩隻手仍然輪流把玩著那樣東西，儘管他的右臂上掛著裝了兩罐罐頭的網袋。他的膝蓋兩側濺起白色的浪花。陽光又一次破雲而出，在他的頸斜方肌和脊柱的左側投下了陰影。

「快十點半了吧，搞不好已經過了呢。」

「水不像我想的那麼涼。」

「雨後總是這樣。」

「我估計，水溫十七度，氣溫十九度。」

一條挖泥船正在導航浮標前方的航道上作業。我們正好在它的上風處，因此對機器的噪音只能依靠想像。馬爾克的老鼠也只存在於我的想像之中，因爲他在用腳探到艙口的邊緣之前，一直都是背朝著我。

我一直用一個自己琢磨出來的問題折磨自己的耳朵：他下去之前還說過什麼話嗎？我模模糊糊地記得，他從左側轉過臉來，瞟了一下艦橋，然後迅速下蹲，弄濕身體，紅色的體操褲在水中頓時變得黯然無光，他用右手提起裝著兩罐罐頭的網袋。那顆「糖塊」呢？它沒有掛在脖子上。莫非他悄悄地把它扔了？哪條魚會替我把它找回來呢？他是不是又回頭說了些什麼？朝著空中的海鷗？朝著海岸？朝著停泊場裡的舊船？他可曾詛咒過嚙齒目動物？我不相信你曾經說過：「好吧，晚上見！」他把腦袋先潛下去，拎著兩罐罐頭鑽入水中，滾圓的脊背和屁股跟在頸項的後面消失。一隻皮膚白皙的腳蹬出水面，艙口上方蕩漾著一圈漣漪。

我把腳從開罐器旁邊移開。我和這把開罐器一起留了下來。我眞想立刻回到小船，解開纜繩划走：「沒有這開罐器，他也會有辦法的。」但是，我沒有離開，而是開始計算時間。導航浮標前面的那條挖泥船有幾個移動式履帶挖斗，我用它作爲計時工具，緊張地跟著它數數：鏽跡斑斑的三十二秒、三十三秒；挖出淤泥的三十六秒、三十七秒；運轉吃力的四十一秒、四十二秒；四十六秒、四十七秒、四十八秒，挖泥船的挖斗終於完成了升起、翻倒和重新入水這一連串的動作。它的任務是加深通向海港入口的航道，它也協助我計算時間。馬爾克想必已經帶著那兩罐罐頭到達了目的地，鑽進了波蘭「雲雀」號掃雷艇那間露出水面的報務艙。他沒有帶開罐器，那顆碩大、甘苦兼備的「糖塊」或許在他身上，或許不在。

即使我們沒有約定以敲擊爲信號，你也是可以在下面敲擊鐵板的。挖泥船一連爲我數了兩個三十秒。怎麼說呢？根據淸醒的估計，他肯定是……海鷗騷動起來，在沉船和天空之間飛出各種圖形。有些海鷗不知何故突然掉頭飛開，這可把我激怒了，開始猛擊艦橋的鐵板，先是用我的鞋跟，然後又用馬爾克的大頭皮靴：鐵鏽大塊大塊地剝落，灰白色的海鷗糞變成碎屑，隨著敲擊的節奏翩然飛舞。我把開罐器攥在手裡，一面敲一面喊：「上來吧，夥伴！開罐器還在上面呢，開罐器……」

我胡亂敲打喊叫一陣之後，又改爲有節奏地敲打喊叫。可惜我不會摩斯電碼，只能單調敲著：咚、咚——咚、咚、咚；咚、咚——咚、咚、咚。我的嗓子喊啞了：「開——罐——器！開——罐——器！」

在那個星期五，我眞正體會到了什麼是沉寂。海鷗掉頭飛走，四周一片沉寂；風兒捲走了一條正在作業的挖泥船的機器噪音，四周顯得更加沉寂；約阿希姆・馬爾克對我的叫喊毫無反應，四周最最沉寂了。

我獨自划著小船回去了。在離開沉船之前，我把開罐器朝挖泥船扔了過去，但是沒有擊中它。

我扔掉了開罐器，划著小船回去了。我把小船還給漁夫克萊夫特，又補交了三十芬尼，並對他說：「晚上我也許還要用船。」

我扔掉了開罐器，把小船搖了回去，還了船，補交了款，還想再去一次，登上電車，像人們常說的那樣「打道回府」。

我沒有直接回家，而是在東街按響了門鈴。我什麼也沒問，只是把火車的照片連同鏡框一塊要走了，因爲我分別對他和漁夫克萊夫特說過：「晚上我也許還要來……」

當我拿著那寬幅照片回到家時，我母親剛剛做好了午飯。火車車廂製造廠護廠隊的一個頭頭同我們一起就餐。餐桌上沒有魚。菜盤旁邊放著國防軍地區指揮部寄給我的一封信。

我把那張入伍通知書讀了又讀，母親在一旁哭了起來，弄得護廠隊的那位先生十分尷尬。「星期日晚上才出發呢！」我說，然後毫不顧忌那位先生地問道，「你知道爸爸的雙筒望遠鏡放在哪兒嗎？」

我帶著這架雙筒望遠鏡和那張寬幅照片乘車來到布勒森，不過，那是在星期六的上午，而不是在事先說好的當天晚上。那天，霧氣瀰漫，天又下起雨來了，能見度很差。我在海濱沙丘找到一處最高點：陣亡將士紀念碑前面的空地。我站在石碑基座的最高一階臺階上——尖塔托著一顆被雨水淋黑的金球，威嚴地聳立在我的頭頂上方——把望遠鏡端在眼前望了起來，沒有三刻鐘，起碼也有半個鐘頭。直到眼前的一切變得模糊不清，我才放下望遠鏡，把視線投向近處的野薔薇樹叢。

沉船上沒有任何動靜。兩隻大頭皮靴仍然放在原處。海鷗又飛回鏽跡斑斑的沉船上空。牠們在艦橋上歇腳，爲甲板和皮靴撲粉著妝。可是，海鷗又能說明什麼呢？停泊場裡仍然只有前一天的那幾條舊船，其中並沒有瑞典的，甚至沒有一條中立國的。挖泥船幾乎仍在原處。天氣看來有好轉的可能。我再一次像人們常說的那樣「打道回府」。母親幫我備好紙箱。

我打點行裝，把那張寬幅照片從鏡框裡取了出來。因爲你沒有提出特別的要求，我便把它擱在箱底。在你父親、司爐拉布達和你父親那輛尚未生火的火車上面，我擺上了襯衣、襯褲、日常用品和我的日記本——這本日記後來在科特巴連同照片和信件一起遺失了。

誰來爲我寫一個精彩的結尾呢？這個由貓與鼠開始的故事，直至今天仍像蘆葦沼澤畔的鳳頭鷿鷉一樣折磨著我。我刻意迴避大自然，科普影片卻仍向我展示這種機靈的水鳥。《每週新聞》曾經報導過在萊因河裡打撈拖輪，在漢堡港進行水下作業，炸毀霍瓦爾特造船廠附近的地堡，探究空投水雷的位置。男人們戴著閃閃發光的圓頂頭盔潛入水中，然後又鑽了出來；伸出手臂，擰開螺絲，揭下了潛水員頭盔。但是，偉大的馬爾克從來沒有在亮光閃爍的銀幕上點過一支菸；吸菸的總是其他人。

無論哪個馬戲團來此演出，總能賺到我的錢。我差不多認識他們當中的每一個人。我還經常在宿營車後面和小丑私下交談。這些人大都沒有幽默感，都說從未聽過有一個名叫馬爾克的同行。

一九五九年十月，我來到雷根斯堡，想參加戰爭倖存者的聚會㉕，他們像你一樣都是騎士十字勳章的受勳者。我必須說出這件事嗎？他們不讓我進入會場。聯邦國防軍的一個小樂隊也許正在演奏，也許正在休息。負責會場警戒的是一名少尉。趁著樂隊休息的時候，我請他到講臺上喊你出來：「馬爾克下士，門口有人找！」——但是，你並沒有露面。

①原文為拉丁文。這是天主教彌撒儀式上請求上帝寬恕的固定禱詞。
②原文為拉丁文。這是神父分發聖餐前懇請上帝寬恕的另一段禱詞。
③原文為拉丁文。這是神父分發聖餐時常用的提示語。
④引自《聖經・新約・馬太福音》第八章第八節。按天主教傳統，在分發聖餐前，教徒們需集體誦讀這段引文。
⑤設在朗富爾區的軍營。
⑥大博什波爾，波蘭小鎮，靠近戰前的德波邊界。
⑦比爾哥羅德，蘇聯城市。一九四三年七月，德軍向駐紮在庫爾斯克的俄軍發動進攻，史稱「庫爾斯克戰役」。
⑧濟托米爾，蘇聯城市。一九四三年年底，德、蘇雙方曾在該城激戰。
⑨均為蘇聯烏克蘭西部城鎮。「庫爾斯克戰役」期間曾在這些地方激戰。
⑩布克查茲，地名，以前隸屬波蘭塔諾波爾省，戰後劃歸蘇聯。
⑪車卡夕，蘇聯第聶伯河下游城市。德軍的七個師曾被困在這裡，一九四四年二月，付出了重大代價才突出重圍。
⑫克利福洛，蘇聯烏克蘭南部城市。
⑬指盟軍一九四四年六月六日在法國諾曼第登陸。
⑭一種耐寒的多年生植物，可以入藥。
⑮邁巴赫（一八四六～一九二九），德國工程師，他與齊柏林飛船的創造者齊柏林伯爵（一八三八～一九一七）創建邁巴赫引擎公司，專門生產大功率引擎。第二次世界大戰中，德軍的坦克大多使用它的產品。
⑯基督教聖事之一，即為臨終者祝禱並在他身上塗橄欖油。

⑰即一九四三年七月的「庫爾斯克戰役」。
⑱一九四三年八月五日，俄軍擊潰庫爾斯克以北的德軍，收復了奧列爾。
⑲第聶伯河的一條支流。
⑳一九四三年八月二十二日，俄軍收復了位於庫爾斯克以南的城市卡爾可夫。
㉑科羅斯坦，位於基輔西北的小城。
㉒喀山，蘇聯烏克蘭小鎮，位於基輔的西南方。
㉓指奧德修斯。
㉔一九四〇年編入現役的義大利新型戰列艦，一九四一年三月二十八日受到英國海軍的重創。
㉕雷根斯堡，德國巴伐利亞州一城市，一九五九年十月二十四日至二十五日，德國「騎士十字勳章受勳者聯合會」在此舉行集會。

貓與鼠／葛拉斯（Günter Grass）著；蔡
鴻君, 石沿之譯.－－初版. －－臺北市:貓頭
鷹出版：城邦文化發行，2000[民 89]
面； 公分. －－（經典文學系列；24）
譯自：Katz und Maus

ISBN 957-0337-96-6（平裝）
ISBN 957-0337-95-8（精裝）

875.57 89009808